《昆仑圣殿格尔木文学丛书（第二辑）》编委会

在广袤的土地上放歌

——写在"昆仑圣殿格尔木文学丛书（第二辑）"出版之际

在我们这个星球，自有人类以来，精神和智慧的火花就一直与生命的长河相伴相生。文学、艺术的发展也莫不如是。

近年来，格尔木这座耸立在戈壁荒原上的城市，依托独特的地理优势和丰富的昆仑文化资源，各项社会事业发展迅猛，文学艺术的发展也一日千里，呈现出勃勃生机。尤其是国家西部大开发战略的实施，使柴达木盆地各项事业的发展面临千载难逢的历史机遇。柴达木盆地已成为一片激荡着大开发热潮的西部热土，成为我国西部经济快速发展的一个亮点。

格尔木这个20世纪50年代因路而生、因路而兴的新兴工业城市，因其特殊的发展历程，城市文化中蕴含着昆仑文化的丰富内涵，体现在军旅文化、农垦文化、知青文化、移民文化诸多方面，反映到文学中，就出现了各种文化相互交融，既有区别又相伴而生的特点，辨识度较高。格尔木市前前后后涌现出了一批知名作家，如军旅作家王宗仁，知青作家卞奎、魏忠勇，诗人曹有云、陈劲松等，作家唐明、梅尔更是当下青海省儿童文学创作和现代长篇小说创作领域的中坚力量。他们都是格尔木发展的亲历者，正是他们的这种经历，使他们在创作中体察百姓的所思所想，与百姓心有灵犀，作品更贴近百姓的心。他们在日常的创作中勤于思考，敏于领悟，在平淡无奇的生活中发现人生的真谛，于人们不经意的细枝末节挖掘出微言大义，让更多的人认识和了解了这片土地的人文历史和自然风貌，也让这片土地上建设者的身影出现在了大家的视野之内。

都说文化是一个地方最深远的语境，文化环境也不能单纯理解成物理意义上的环境，对它的理解更不能局限于当下的一时一地。格尔木市文联为不断给广大人民群众提供更优质的文化环境，这几年一直在不断拓宽各个艺术领域，文学、美术、书法、摄影、音乐、舞蹈、影视等各协会都硕果累累，成绩斐然。

2017 年格尔木市文联出版了“昆仑圣殿文学丛书（第一辑）”，这是文联成立以来第一次出版系列文学丛书。今年我们又迎来了“昆仑圣殿格尔木文学丛书（第二辑）”的出版，在第一辑的基础上，我们欣喜地看到，这次作者所在的行业更广、涉及的地域更广。在戈壁新城这片广袤的土地上，文学新人不断涌现，文学作品层出不穷，文学队伍不断壮大。他们在这片充满梦幻、蕴含着无限可能的土地上，汲取着丰富的营养，迸发着无穷的灵感，跟随着新时代的脚步放歌，创作出了一大批富有时代精神的可圈可点的文学作品。

使命召唤担当，事业需要人才。新时代的社会主义文艺繁荣发展，需要我们坚持思想精深、艺术精湛相统一的创作理念，需要一大批德艺双馨的艺术工作者付诸实践。要做到德艺双馨，每一位文艺工作者都要时刻保持高度的责任感、紧迫感和使命感，运用我们熟悉和擅长的艺术形式，以胸中有大义、心里有人民、肩头有责任、笔下有乾坤的精神，践行繁荣发展社会主义文艺的历史责任。

习近平总书记指出，当代中国共产党人和中国人民应该而且一定能够担负起新的文化使命，在实践创造中进行文化创造，在历史进步中实现文化进步。这是一种期待，更是一个目标。新的时代已经到来，新的机遇也在等待着我们。

“昆仑圣殿格尔木文学丛书（第二辑）”的出版，是我们培育、壮大本地文学队伍的具体举措，也是对近年来我市文学工作者创作成果的一次较为集中的展示，更是对今后文学事业发展的期盼和祝愿。

此套丛书的出版得到了市委、市政府及相关部门的大力支持和帮助，在此，我们向各位领导和所有相关部门表示诚挚的谢意，也向为此丛书的出版奋力笔耕的各位作者表示深深的敬意和诚挚的感谢！

青山元不动，浮云任去来。愿这片充满希望的广袤土地，今后诞生更多更优秀的作者和作品，愿格尔木这方热土在昆仑文化的滋养下，呈现出更广阔的文化气象和多元化格局！

是为序！

格尔木市文联主席　王　韬

2019 年 7 月

序

在从事新闻工作十几年后，又重拾文笔，感觉有点遥远。也才感到停笔的时间有些长。

对文学和诗歌的喜爱缘于学生时代，起初写散文诗较多。搁笔多年后再写，晦涩的不仅是笔端，还有情感的表达。给本书取名《手心里的月光》，也是感到诗意对于生活而言，恰如月光映在手心里，虽只是玲珑的一抹，却温暖而撼人心魄。在这里，不想探讨目前有些人关于诗歌和文学在现实生活中的无力、无用论，只诚如老舍先生所言，“生活是种律动，须有光有影，有左有右，有晴有雨，滋味就含在这变而不猛的曲折里”。同时也像布罗茨基所言，“艺术与其说是更好的，不如说是一种可供选择的存在。艺术不是一种逃避现实的尝试，相反，它是一种赋予现实以生气的尝试。”仅仅喜爱，也是一种理由。

这本小书中还辑录了一些以前的散文诗，筛选时颇有些踌躇，尽管已时迁世易，却也是当时的一些感悟，于是便保留了。其他诗是近几年的作品。都说有限的时空融进无限的时空后才能获得恒性。但我的诗恒性明显欠缺。更多的只是对生活一瞬间的体察。尽管这些年的生活和事物芜杂，但写作对我来说始终是快乐的，这快乐源于没有目的性，是光和影中的一种呼吸，于是便多了些心灵的宁静。

人们常说影视艺术是种缺憾的艺术，文学作品又何尝不是。没有一件作品是回过头来看没有缺憾的，但已无从弥补。恰如人生。正如人生。

尊重的只是当时的一种真实。芬芳的只是个人的一种心境。“文学不能改变生活，但可以丰富生活”，如此而已。

感谢所有支持和帮助过我的人。更感谢使此套文学丛书顺利出版的市文联主席王韬先生。

目录 CONTENTS

第一篇 时光之眼

第二篇 戈壁夕照

第三篇 履齿苔痕

目录

第四篇　往事浮光

第一篇　时光之眼

暗 夜

天黑了
他摸不到夜的暗钮
坐在坏了锁的房间里
挥发指尖上唯一的那点
温度

坚冰一样的黑夜
爱在远方飞翔
捂住伤痛的胸口
他踽踽独行
醉倒在夜的无序里

生命的井台太滑
今夜
路过的人有几个
能感受到他曾经的烟雨和
此刻的内心

一个坏了锁的房间
找不到开锁的人

边　缘

整个世界
沉寂的　喧嚣的
仿佛都与他无关
一不小心
就
滑向了生活的边缘

站在街头
四周仿佛只有风
匆匆的车流人流
似乎都只是
流动的尘埃

脚底履泥依旧
足音却已消失在
空气中
没有一丝痕迹

已往的岁月

一片一片

被风干在枝头

仿佛只是

衣襟上一片被晾干的

浅洇

不复当初

远方又有笋出土

拔节着当初的

空气和

风景

不是不想说

突然发现
这个冬天
语言惨淡如浆

天气的冷和语言的冷相互纠缠
七砖八瓦的生活
时时搁浅在沙滩

雪盖住了灰白
同时呈现出更大的灰白

夏天柳笛写在天空的诗行
已被秋天的雁阵带走
谁的手
把雪花送进了
一个个黑洞

不是不想说
是语言

已失去温度
万物已失去
倾听的耳朵

于是只好把缄默
挂在整个风中
苍白地
招摇

草　籽

在黑暗里积蓄能量
铺排阵仗
一点一点剥离上面的天空

天空很窄
风吹凉了半幅辽阔
半梦半醒之间
承接厚重的前世今生

艰难地蜕去外壳
把虚浮压入内心
同时也把品相一起压入

百转千回
只为在风中扬起
伸向苍穹的绿色
手臂

茶

在一个壶中辗转千年
影子被不停地蒸煮轮回
心事被摊在阳光下
曝晒
翻滚腾挪中
一次次变身

上下浮沉
勘破春秋
用雨的身姿
雪的香醇

间或驻足在文人墨客的笔端
时而沉寂忧郁
时而引啸长歌
纵横捭阖

更在天地的大杯盏中
唤醒鸟鸣
斟入四季
寂然修行

出　走

所有的词语都已变节
喑哑的四壁
已无话可说

一点一点
退出笔墨的海
一任纸张上的字迹
接二连三
悄悄出走
空余白纸和哈气
在岁月里憔悴

原来一切
都是多余
尘世的虚妄
无词可写

花开的声音

从第一声蝉鸣开始
各种花朵就收到了指令
陆续打开蕴藏了几个世纪的心事
晾晒在熏暖的风里

甚至在微落的小雨里
你都能听见
花一朵一朵盛开的声音
细小 热烈
带着暗香
充满幻想

北回归线再往北
花开似海
每一朵花吐出的
都是天地间无法解析的密语

循着根脉
聆听每一朵花的私语

让心底的沧浪之水
与来势汹汹的春光一起
在东风里流淌

蓝　瓷

多少风尘往事
都冰裂成眼前的一抹
三寸心香
也就点了几千年

陶土里涌动着
千年的潮起潮落
无数的雕梁画栋
幻化成瓷上的一片冷痕
装不下
一个王朝

脚印纷沓
黑洞无限
共举着一片
南来北往的天

冷咖啡

你失去了温度
在那个象牙色的国度
斜阳的余晖
也暖不了杯中的温度

千百次的打磨
用地心的闪电和心跳
月光纷乱　骨髓碎落一地

桌上的那杯冷咖啡
你经过了几个生命的轮回?
静谧　深沉
凉得刺心入骨

捧在手里
令无数星辰坠落
凛冽的浓香
沉浮着一个世纪的
虚无

林中的小木屋

一叶如豆
点燃整个星空
斑驳的树影
打开一幅陆离的画卷
一个木屋
在静谧中细数星星的轮盘

它曾在山河茂盛时迎来
晨曦和鸟鸣
还有松鼠和守林人
不知谁先唤醒了谁

如今它静静伫立　四周只有风声
它从体内抽茧
剥离出一些古老或新鲜的光阴
一任胸腔里涌动着
清醒的河流
和大雪飞扬的脚步声
抖落一地光影

没有选择

断舍离般
草木纷纷奔逃

雨水回到了久别的家
上山的路
永远这么拥挤

也许
我们和这些草木没有分别
只是以另一种法相在世间游走
煮茶　赏花　看天
也看骨子里的风尘

人间太浅
时时有草木临渊时的萧瑟
但也如草木
被缓慢风化时
晃动着
羽化成仙

命运露出黑色的幽默

芦苇只有深吸口气

潜下水去

因为

没有选择

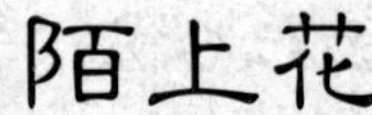

水洗出一世的繁华，
缓缓融入隔世的烟尘。
陌上花　像个离尘的女子，
于烟霞中，绾一溪碧水，
将心事，随波。

古老的渡口，已无人
空余几许苍茫。
不知归人的步履，
缓缓响在哪片　山崖。

马蹄声已远，
醉了浮世尘烟。
还有多少寂寞，
可以遗世独立成
雾中的　陌上花。

那片星空那片海

夜露如晦
膝盖以下都是露水

潮湿的衣服
连同思绪
一起晾在星空下

礁石寒凉
星星如钻
洒一地碎屑如芒

海是雾上花
隐无数菩提往来
心莲结成珠
一朵一朵
拈花在浪峰

摇一叶小舟
顺流

你去收获你的星空

你的海

仿若整个天地都在穿针引线

装订

无上涅槃

青花瓷

那一刻，你的目光穿越千古而来。
玻璃柜里，凛凛的青花，
有着水一样的温度。
几度浮沉，千载夕阳，
更衬得你妩媚如眸。
枯草衰杨，
你曾驻留在谁的琴旁?
云卷云舒，
你又曾经历过多少风霜。
如今你宁静地在此沉思，
唯有青花，
流泻出不一样的光芒。
莫说小楼昨夜又东风，
温柔如你，
身上又有多少黯然神伤……

那一晚

那一晚
雷声隐隐
万物都挺直了腰杆
有风
在雷声中游走
旁若无人
树枝伸长了手臂
大地的骨骼
泛起阵阵的酸痛

这样的夜晚
不知还有谁带着苦涩无法入睡
颤抖的天空
关注不到每一个自认
无辜的人

一切
都在等待
等待天空
裂开一条缝

能见度

山势起伏　两旁怪石林立
天空衣衫褴褛
路
宿命一般
延伸
起起伏伏
能见度为零

只有风过耳畔
带来一圈圈
前行的波纹
密语重重
又有谁人能解

风声中能听到无边的沉默
仿佛永恒
就挂在天边

那些已过去的季节和

正在发生的季节

一起噤声

能见度

为零

你

你望向那片森林时
微眯着眼睛
也许在看比森林更遥远的
那片天际
和遥远的苍茫

你牵来一匹马
用四季雨露刷洗它
纵马飞驰时
蹄香如花
每当此时
草原深处的夕阳
都有一丝云霞

你的伤痛
总是隐在暗夜里
如檐下的雨滴
一点一点
清洗着黎明

你的世界

无人能走进

就

如同苍茫

如同

这雨滴

彷 徨

一粒沙收起画卷
尝试将脚融入水中
历史的铜镜响了一下
无数尘埃纷纷离析
时光在此坠落

无法触摸辽远天空的
一棵树
苦思冥想
努力伸长手臂感受着
尘世的痛
用心里的一个趔趄
掩盖茎脉里的霜

风在走廊的两端吹拂
脚印在历史的两端延伸
不是向左
就是向右

却哪里都不见
山重水复

蒲公英

一把小伞
就把心事定格
世界是一粒沙
你在沙上飞翔

无骨的身姿　却有刻骨的追求
无数个日夜的猎猎风中
你在用骨骼点灯
内心的一些小火焰
跳跃
却从不被人发现

光影里
那么多的尘埃
与你共舞
发出银质的回响

风是你的九州
九州之上

蔚蓝色的停顿

注入灵魂泥土的芳香

即是吾乡

轻　浅

整个四月、五月
时光机都走得
速疾又仓皇
春的裙裾刚刚闪过
今日园中
风已扫落满地丁香

轻浅地走过流水
抚过岁月沧桑的额
高原之夏
轻浅地驻足

往事有些浓稠
于是
近来常常醒在
轻浅的
梦中

秋的原野

赤瓦白墙
大地捧出一个银碟
风在细数过往的麦粒
饥渴的陶罐
把自己隐身河床

千百年来
挥的都是一样的羽扇
这个季节
雁阵的叫声使天空
更加高远

收获了的田野
空旷富足得
如卸了妆的
新娘

谁家的南瓜马车
夜半载走了
一车
熠熠星光

秋风一瞬

秋天
所有的事物都低下头来
用成熟的谦卑行走

鸟雀、阳光和树
都更加向上
戴上更有辨识度的面具
天空
因此高了几分

秋风因为万物的低垂
身体又重了
跑起来的时候
竟有了怀揣颗粒的喜悦

草木的棋盘在这个秋天
摆得
更加盛大

日　子

许多日子
从钥匙链里打开
磨尖了的牙齿一样
在镜子的反光里咀嚼甜味

奔跑的意象被松了绑
五谷杂粮在砧板上
被一次次切碎
风记得每一个日子
象记得每一次
雪的缺席

它行走着
钟摆一样
一如既往

现在任何悬而未决的东西
都能穿过它
隐身人一样
不留痕迹

如 果

雨在岸的这边守候
想扫掉岸那边山洼里的落叶
但对岸暮色深重
菩提成树
看不见因果

风　灌满树冠
一丝一丝抽离着隐秘的伤痛
万物不能哲性思考
一天
日出日落数次变幻

去年的雪花
一直飞舞到今年

常想　如果
海的这边和岸的那边
永远没有交集
那么

飘浮的种子

是否还可以在风中

结果

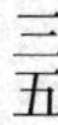

日子是旋转的饱满

把雪的空白　雨的多思
一起装进壶中
煮沸一壶忘川水
就可以感受
时光的每一丝抽离

日子是一枚饱满的浆果
旋转着
铺陈开所有的气息

墙壁在雪中又增厚了几分
乌云把天空弄得像块毛玻璃
这尘世的烟火
总令人有一种
不一样的心安

所有的事物都散发着馨香
从一个季节
到另一个季节

说不清道不明的一切
都让人
欲罢不能

穿过岁月的缝隙
阳光送来了大捧大捧鲜亮的
金币
这个时候
成熟的浆果往往一夜之间
就挂满了　枝头

沙　是石头的前生

匍匐着寻找千万年
一粒粒磨砺着自己的内心
随风扬出去的是前生
握在手心的
是今世的因果

不想逐风
却始终浪迹天涯
今生的寒凉
如漠风朔朔不息

沙无心地在天地间腾挪
佐证着一颗坚硬的核

千万年后
沙丢掉了尺度
变成了石头

升　华

刨花四溅
如雪花纷纷
一根木头
在剧痛中隐忍
在隐忍中回忆过往

曾经的华盖如云
曾经的枝繁叶茂啊
如今都已幻化成年轮里
一圈圈
荡漾不尽的波涛

生命
到底有多少种形式
为什么每一次重生
都要伴随如此艰难的
肝胆俱裂

落雪纷纷

方知木也有泪
魂灵深处的伤
被刨子一次次无情地
摆上祭台高处

脱尽铅华
削去所有枝蔓
对一切过往守口如瓶
在刨花旋转的碎屑中
重塑一个
全新的
木的形魄

沙　滩

海浪喧哗
泡沫摆开退潮后的盛宴
沙有些白
每一粒都充满了
对远方的渴意

贝壳在这里寻找天空
海螺的鸣响
有些喑哑
流云游走在
每一片水草间
二维空间消失

海鸥盘旋
礁石苦思冥想

一行歪斜的小脚印
把夕阳一步步
牵到　远方

时光之剑

光的影
掠过一切事物
繁杂或简单

风抚过万物的额头
点缀尊贵或谦卑

时光之剑
悠然从容
客串一个雕刻大师
手法粗粝或细腻
但锋刃已深入岩石

万物有痕
不放过哪怕
一颗　水滴

手风琴的渴意

在一个苍茫的傍晚
手风琴开始在风中
大开大合
铺展开
它律动的脚步

它从伏尔加河
奔腾到大兴安岭
腾挪　旋转
悠扬中
竟充满渴意
连风
也跟着嘶哑

它是否在思念草原
的一望无际
和那半瓶
浓烈的
伏特加

时间轨迹

双手里有很多个日子
被你颠来倒去

手攥得太紧
时间有些疼痛
如刀锋上的种子

空气稀薄
年轮也稀薄
运化四季
无形的手抚过山川
指尖微凉
没有痕迹

当黎明一次次从黑夜的尽头
掀起清亮的幕布
瞬间　便已永恒

一切都在不经意间
改变了模样

水边那朵莲

身体里的海没有出路
隐匿在每一个角落
边缘被不断锻打
那些芜杂的根茎
成了青铜色
仿佛穿过了很多世纪
这世才开得
这般绚烂

熠熠的光在水中
感知宇宙的温度
茎脉流淌着
深深浅浅的虚无
底座的水湾有着深沉的倒影
偶尔一转眸
靓丽的颜
便
点亮了所有横亘的天空

四月天

纬度倾斜
空气中有沙沙的声响
风在翻阅半部汉乐府
雨打在身上
颗颗都有金属的回音

都说人间四月天
四月的高原
仍苍茫如尘
山顶的皑皑白雪
如一个尘世间阅尽风雨的人
更似岁月深处的一个童子
把年轮演绎得
轻俏如烟

水流低处

所有的骨骼
都生活在低处
包括血脉

有狭路相逢的豪迈
也有壮士断腕的引啸
一路上
把景色融在骨子里
把风沙留在血液中
无端凝重

原来低到尘埃里
也是一种姿态

琐碎和纠葛在身后
幻化成雨　成雪
把每一点冷
都在骨子里熬成极致
每一个仰角

都是一个不同的世界
每一次蒸腾
都是一次涅槃般的修行

岁月的翅膀

架一双无形的翅膀
飞翔　不露声色
抽去沙和筋骨
像是早上的露水
滴到了晚上
却已风过四季

墙上的芦苇斑驳着
想从泥土深处收获空间
一夜之间
就已霜花挂满了头

每一个干净得不含杂质的明天
都近得触手可摸
轻柔的翅膀　却已无声地
掠过了无数沧海桑田

无法回头
离了弦的箭
把岁月引向无数种
虚无

太　阳

一枚金币
不分正反面
在水里火里淬过
减轻了
跌入尘世的
声响

岁月断章（组诗）

1

积聚了千年的山峦
蜿蜒成一条河
有风的手掌
粗粝地抚过

叶片的脉络已不清晰
还兀自在烈日下
翻转
传来昔日的叹息

2

许多年
田野上负重的脚步
一直未曾停歇

一匹马频频回头
它在咀嚼　衡量
来时的路
无关沧桑

3

有许多情绪在游走
天堂　地狱随时变幻
感受热带雨林的喧嚣

枝蔓盘结
没有路
路被岁月闪了一下腰

手指漫过田野
和山脊
乌云背后有闪电
在沙丘里
旋转出世界的一份疏离

4

没有风

太阳却依然炽烈
空气中满是种子的味道
每到这个季节
冰河总在驿动
悄悄释放着心中一小簇
火苗

因为
山背后有雪
山前面
有草

蹚过那条河

那一刻　万物静默
我在时光机里穿梭

蹚过那条河
那无言的沉默
把最后一颗果实
冻在冰雪的枝头

门的尽头
空空如也
甚至关不住一缕
晚到的风

世界如此深沉
走过的年轮
翻卷如不谙世事的云朵

背上行李
背上微凉的忐忑
看暮色悄然打开黄昏的阶梯
在天空　踱步

听　风

太多的天空沦陷
四野一片白
干涸的车辙延伸着
被尘埃轻描淡写地覆盖
在旷野听风
不同于小桥流水
心会落下一层
薄薄的霜

空谷
总是深邃
无法卸下陈年的回声
崖上石举着天空
听风一点点搬运
往日时光

翻山越岭的那只信鸽
披肝沥胆带回的
又会是谁的
前世　来生

晚　秋

一块一块石头
总是能把寒凉带给夜色
秋风游走的时候
白杨树就齐齐举起了
发黄的手臂

千丘万壑的往事
也敌不过那飘渺如尘的落叶
每一枚
都带着覆水难收的决绝

天空却越来越高远
擎出笔墨描绘不出的
生命一样的蓝
与大地来一场盛宴

原来
自古荣枯只关草木
江山
永远无殇

我是凡尘最美的莲花
——读仓央嘉措

多少年了
你脚踏莲花而来
一句“我是凡尘最美的莲花”
醉了整个流年

布达拉宫　八廓街
转经筒旋转如斯
佛前的佛
凡间的佛
处处都有你
“微微一笑的容颜”

你说
“云上是寂寞的山峦”
透过千年烟尘
仿佛依旧见你
明眸如星
袈裟如风……

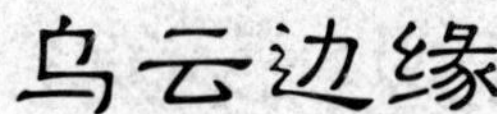

乌云边缘

天空不复生动
乌云和乌云在游走
雨还没下
闪电躲在后面
蹑手蹑脚
石头举起一小块天空
读取蔚蓝
我的天空被燕子尾翼随意涂抹
时明时暗
更多的风
在乌云和蔚蓝之间
犬牙交错　脚步更迭
天空的节奏
让不明真相的闪电
再次打乱

我相信，你并未走远

我相信，你一直都在
并未走远

在微风的稀语中
在静夜的秒针里
我用心感受着你
指尖触碰着你

你一直都在

你参与了苦思冥想
和静静的打坐
却从不发表意见
但我知道
你从未走远

漫长的甬道
解禁的冰凌
我在冬日感受你的温度

你从盛唐穿越而来
带来远古的风和
一路飘渺的烟尘
不言不语

虽然青花瓷已融在夜色中
铜马也已失声
但我知道你在
你一直都在
从未走远……

无法躲闪

听风穿过峡谷
看闪电划过每一个叶片
对注定要发生的一切
无法躲闪

那么就迎着风
打开身体里的每一条脉络
让每一个叶片的跌落
都刻上尘世的斑驳

要经历多少磨难
才能抵达自我
灵魂和肉体
哪一个能先到达彼岸

有风吹来
无法闪躲
万物一起咬紧牙关
听风走过

无 题

一根针划过窗棂
带着点顿悟的神情
陈酿附着树根的馨香
缭乱了每一片星空
高原的雨滴融入运河
如预演的顶礼
凛冽了桨声和
波涛浅浅的呼吸

雨丝绵密
编织着不一样的疏离

城砖变老
船过处
每一片桨声都在祈祷

白墙黑瓦下
谁家的果树
再次凭栏
洒了一地落英

舞 台

打扮停当
纷纷登场

生旦净末丑
一丝不乱

台上的灯光有些刺眼
一幕幕
还在往下演
故事
是早就编好的台本
没有意外

一切
有着不真实的
喧嚣

唯有落幕后的沉寂
才浮出生活本来的
样貌

夕　阳

如一场盛大的花事进入尾声
绚丽而疲惫
已全然忘记了本意

谢幕?
隐着多少不舍

于是
再一次把绚烂铺满天空
极致地在天地间渲染
半空的酒杯
再次注满玫红

只是　云朵已醉
跌跌撞撞地
卧向草原深处
随手拉下了
最后一道
金色的帷幕

西风与蝉

雾化的天空失去定力
西风在做引体向上
流年
在夏日蒸腾
空气
汗如雨下

蝉　此刻像个阴谋家
巧舌如簧
将空间切割成无数个
碎片
演绎似水流年

想看清楚自己
只有在更深的夜里
行走的梦里不只有机关
当繁花垂首
耳边已是
蛙声一片

想

是桅杆的风
想记录下所有的港口
是檐下的串串雨滴
想解读云层的聚散
是遥远的天际线
伸展成二维空间的一瞬

没有标记
是瞬间俯冲而来又挥之不去的沉陷

于是
把夜半的每一片月光
和鸽哨的每一次鸣响
都变成了风中的每一个转身
和嘴角衔着的
那抹微笑

星光　又一次闪耀

仿佛被困荒原很久
今夜　没有星光
坐在比夜色更深的屋子里
他用火柴的微光
梳理过往

这次的风来得很猛
他被岁月强行收租
生活已
家徒四壁

伸出手掌
接住所有的尘埃
让风猎猎
穿过所有的门窗

屏息等待
等待荒原
再次升起星光

虚　无

一遍遍地锻打
在四季的每一个缝隙
假象如蛇
匍匐成所有的虚无

这个世界面具是零售品
处处见坚硬的核飘浮
景色已全然看不见景色
虚无成倍地增长

呼唤半城清风一城云
路过这个春天
把虚无打包
无足轻重

喧　嚣

拂去往日陈旧的浮光
谁是谁的红尘

光的眼睛扫过高处
扫过芜杂的浓淡
街心公园的路灯怀抱光华
犹如抱着一簇轶卷？
深渊跌宕

雨的加入是在后半夜
众人谈笑中把深不见底的思想
引得更深
让世界变得古怪陆离
影子却不离不弃
让前世今生
紧紧跟随

喧嚣中
泥泞的　时光
一夜老去

雪 无声在下

荒原一直延伸
枯草在风中匍匐有素
行人如蚁
远山无影

雪一场一场地下
河流冷到窒息
坚硬是它的不二法门
胸腔里时时有
金属撞击的声响

雪在荒原行军
间或走进岁月的客厅
光秃的枝丫上
偶尔可见一两片枯叶
在寒风中坚持

鸟雀的身影有些萧瑟

雪中的荒原
更加辽远

阳光走向另一边

叶子挨挨挤挤
在时光里穿梭
焦虑布满
每一个缝隙

时间掂量着每一个生命
掂量着深渊下的每一丝波澜

风吹过的时候尘埃泛起
从树梢到根部
一片战栗
大地失去平衡

无法预知的一切
让命运成为一场虚空

一棵树要经历多少次雷火
才能抵达彼岸
一颗心要历劫多少年

才能浴火重生

一个假象覆盖了另一个假象
在黄昏到来之前
看阳光灿烂
走在天穹的另一边

遥远的地平线

昼和夜在这里交接
天地无界
云端下白雾蒙蒙
万物收敛心性
一派清凉

雨无根飘洒　与云雾对话
漫谈山和海的今与昔
无关沧桑

衔一支橄榄枝
青鸟飞越重洋
远方有雷声隐隐
那是地平线上的
诵经声　袅袅飞扬

夜的流言

夜的岛上
沙砾在舞蹈

流言穿着锦衣
蹑手蹑脚在行走
所过之处
空气中充满了可疑的味道

潮水一波一波升起
遗留无数幻相
沙滩和礁石
间接失语

夜睁大双眼
沉默地看流言
如何表演
像一个人按捺着一生欲说还休的
隐忍和缄默

一个阴郁的午后

这个下午淌着冷汗
无穷无尽的寒风从骨缝里冒出
路匍匐地伸向远方
远方
有旅人踽踽独行的身影

云在高空划下巨大的投影
自由自在　像风
小草的一腔不平
因而
奔腾　成了冰

这个下午
栏杆　杨柳似乎都已昏然入睡
只有角落里的那只蜘蛛还在
勤勉地结网
带着了然一切的
淡定

夜 色

夜拉开骨架
无数种颜色胶着
使夜变得深刻　充盈
披着夜衣前行
星星点点的街灯
还有路边的烧烤摊
都成了春夜的背景

面对面走来的人
模糊着语言
也
模糊着五官
世界因此
比白昼真实了许多

披着夜色前行
偶有橱窗明晃着
和人行道的小狗一同
闪过

一棵树的果实

夕阳下
一棵树在沉思
几个果实
或大或小在树冠
站成自己想要的模样

它们枝叶相连　梦境相同
伸向空中的脉络
有着相同的呼吸

风过处
绿枝浮动
成熟的果实
一颗一颗　离开枝头

只是
离了枝的果实
已全然不记得曾经的
枝蔓藤结

这份成熟的代价

让沉思的树

不愿醒来

一路向东的那条河

从几千米的高空落下来
你的骨骼有些变形
在你这里
没有岁月
风霜也都变成了额上的发丝
随风　一路向东

有只水鸟站在水中　环顾
犹如站在天空
你温情地拂过它　拂过马蹄　戈壁
将细沙　铺在身下
检点岁月
洋洋洒洒

你是一条河
一条一路向东的河
你用奔腾的脚步
升华着日月丈量着山川
偶尔回眸

才能望见你眼中那
融化了冰川的
一滴　乡愁

遗 漏

走过一棵树
一棵有些歪斜的沙枣树
深秋的阳光有些斑驳
稀疏的叶子像稀疏的网
兜不住
蓝天一样浩渺的风

树顶几颗硕大的沙枣
挂着寒霜
在阳光下低头沉思
像是往事遗漏的礼物
仅仅提示一种存在
更像被忽视的
薄如蝉翼的匆匆时光
和生命中所有的
过往

鹰嘴石

你的眼睛不是眼睛
犀利如刀
似乎看到了遥远的地平线
一动不动
用沉思带回了风的飞行

你的羽毛　在三界外
飞翔　是天边的云彩
一腔不平志
是昔日划过天地的精彩

如今
你已老迈
把雷电铸到胸中
超然三界外
一样精彩

迎客松

雾中它的姿势
让人有一点感伤
再长久的矗立
都代替不了一次自由的行走
它的每一次叶片翻飞
是否都有
阴晴雨雪的
惆怅

站立
有时是为了仰望
更多的时候
是为了眼际的辽远
当站立　只为了守望
也仅仅只能守望
那么
那长久伸着的手臂
迎来的
又岂只有苦涩

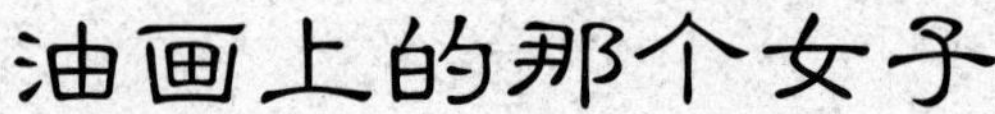

油画上的那个女子

浅浅的
你的裙裾
似一朵荷
只开了半边

低垂的眼眸
星星般　含羞
飘拂的裙带
如云缭绕

只是你的眼睫
为何如雾
洇湿了整个画面
还有那条路……

雨

雨在下
城市一片模糊
无数伞游离在水声外

雷声隐隐
爆裂出往事的伤口
雨幕清凉
顺流而下的
不只是泥沙

从玻璃转门望出去
爬山虎用手正在清洗天空
墙角的陶罐
一滴一滴
正和雨帘隔着往事
对话

没有什么
能让雨的轨迹改变

包括语言
包括　风
因为
它不关心

雨水在深居简出

整个夏天
高原的天空铺陈开浩瀚的蓝
冰瓷一般可触
云彩只是路过
丝丝缕缕
走走停停

风的羽翼也收拢了
显得有些沉寂

雨水
打坐一般深居简出
已数月不见影踪
唯有骄阳
赫赫赤赤
如烫红的金币
向四海八荒
张扬

高原的草木

此刻都敛了心神

听雨

在梦里回响

园里的丁香开了

春暮
许多如蝌蚪般的记忆
已在一个月夜
鸣叫如蛙

云层却在堆厚
任风推着
很惬意地
在走
无视虚妄的放逐

园里的丁香开了
一树一树
染得风都有些迷失
昔日寻觅五瓣丁香的你
却已像一匹马
消失在了
年轮的缝隙
了无影踪

雨　夜

远远行进的
是风
滴碎的
是路灯晕黄的光

斜斜的雨线
模糊了伞
弄皱了整个世界
斑马线
一片汪洋

一道闪电
推开无边的黑幕
暂时的光明
使夜
坠入更深的
黑暗

远古　一直存在

许多次削尖足履
试图逃逸
城门一直紧闭
手拉手的石头
加深了天空的高远

没有痕迹　不着痕迹
远古　一直存在
用它的金砖碧瓦
用它的铜漏声声
穿透古今

莫衷一是的天空
始终挂着神秘莫测的表情
锈迹横陈的门窗
让清瘦的风穿堂入室
演绎金戈铁马

跌宕起伏的云彩

不知疲倦地翻卷着
远古
一直未曾离去

即使你手握三生石
能俯瞰八荒人生
她的温柔注视
仍令人　始料不及

雨　中

每一棵树都站成了自己想要的样子
在雨中
在路两边葱茏

古寺里
香烟缭绕
讲经的人孜孜不倦

暮色缓慢
一如缓慢的年轮
岁月深处
杯盏里的春天
悄悄　萌动

月　色

牵绊太多
在静止的海拔瑟鼓笙
这个夜晚
大朵大朵的木棉花
敛起白日的火焰
水一样荡漾
发出山泉涧溪的声响

庭院里的假山和栏杆
一声不响
在碎银似的月下
静静地翻阅汉乐府
犹如翻捡古王朝旧事的
沉静秀才

这个春天有些虚清
缠绵在雾里遗失了尘世的骨骼
一些疗伤的石子和金属
还有钙和血
正穿过聊斋的荒丘
徐徐走来

背后的背后

一个结构
在一夜之间崩塌
芨芨草枯萎
原野瞬间失去色彩

土地　山峦　树木
失血般缄默
荒原抽去了骨髓

疼得钻心的石头
正在蚁群的注视下
一点点把自己举高

不是秋
叶片却纷纷旋转着落地
打了大地一个
措手不及

流云的背后

一半阳光

一半闪电

荒原从此无眠

雨幕下的河边草

从天边扯一道帘幕
网住整个苍穹
挥挥洒洒
空明之至

一只不知名的大鸟鸣叫着飞走
夜色　如流泉般散开

河边的小草
在雨幕下依然恣意
听雨　仿若在听自己
浅浅回首
绿出一片汪洋

云层之上

正是黎明
风和月在弦窗外交谈
一切仿佛静止
云层　也并不翻卷

此刻
我在云层之上
看朝阳将碎金一点点
洒向沉默的云阵
变幻出
奇异的光影

千米之上
开合的云层
让我感受到了
一粒沙那重重叠叠的
内心

站在高处

站在高处
感受风从四方来
没有界限

举起四万八千朵云彩
如托着四万八千朵莲花
梵音
在此处盛开

站在高处
荡涤一切污秽
让子夜的雨雪
给远方的灯火打包

风从八方来
端坐云端
听一棵不眠的树
为人间描摹雨的形状
勾勒出花开的声音

云影下

路　一直在延伸
旷野无垠

一棵树无声地站在路边
站在云影下
默默无语

走过的雪　和没有走过的雪
对它来说都一样
骨子里的萧瑟
使它无视秋的冷眼

它吸纳着旷野的寂静
小心翼翼藏好全身的刺
伸出的虬枝
一寸寸
感受光的迁移

它已在这儿站了很久

好多年　站在原地　想一个问题
它把旅途放在风里
感受一次次的轮回和呈现
也许消失
正在演绎下一刻　开始的
序曲

这个季节

这个季节
秋向更深处行走
海上潮汐起伏
斑斓的枝叶
引得秋风一路向前

山的脊骨有些柔媚
行走的颗粒左顾右盼
天空再次拉高了尺度
河流从高处跌到更低处

风里　漾着种种甜醉
一缕缕　洒向四面八方

田间忙碌的镰刀和
草原悠扬的牧鞭
让这个季节
凸显出
不一样的饱满

指尖的温度

一个下午
都徜徉在雾中
方向有些潮湿

远眺
思绪在云端行走
奔突的
是心中无法填补的丘壑

指尖
没有温度

想去的纬度
百合正在飘香
不想让一个个梦境
折了翅膀

这个时候
能够理解的和富于想象的

都在路上走

飞鸟

也正忙着它们的弧线运动

一段路的短长

无人探讨

云影下的铁轨

铁轨在阳光下延伸
带着心事
承受着重量
一节一节
将信念抠入土壤

正午的阳光有些花白
四野蒸腾　群神无踪
云影下
前方
羊群在经幡旁如云流动
雪山静默不语

一个个意象随着铁轨延伸
没有风的旷野空空荡荡
天空像个巨大的蓝色托盘
把草木连根举起
车过处
光在悄悄迁移
无人察觉

钟摆在左　人生在右

这场梦做得时间有点久
昨夜才惊醒

心里的草在不停地疯长
梦境里全是雨
有钟摆在摇
一下一下
带来的都是寒气

两只受伤的鸟儿躲在屋檐下
梳理着羽毛
谈论着旧时的天空
偶尔能见彩虹

昨夜的风雨有点大
淋湿的　不只羽毛
还有滚滚惊雷
打翻了七荤八素
一地鸡毛

钟摆在左

人生在右

飞行的航线

梦醒后

偏离了海平面

穿过假象

在雾中看山
正面抑或背面
没有太大区别
山顶的雪和山下的松
有着同样的阴影

绽放
万物都有自己内心的暴动
上升　或者
拖着长长的影子蹒行

溯源
一切皆微渺如芥
不加妄念
以菩提为舟
渡万千劫

安之若素

昨夜　冻僵了一棵树

昨夜寒流无序
星辰纷纷坠落
一滴水成冰
可以不用交代前因
和后果

打翻的瓶子依然倾倒
点滴间
已没有了鸟儿的鸣叫

在寒冷的房间里哈气成冰
有极光
在窗外闪耀
一下一下
静听大雪封门

窗外一棵和衣而眠的老树
和我一样
冻僵在这个
无序的冬夜

季节河

折旧的山峦和我一起蹚过了许多季节河
有太多嘈杂声喑哑了季节的变幻

想从用旧的书桌掏出一点鲜亮
却阻碍重重
大雪把时空装入管弦
越吹越细

站在季节河的这边
看岸那边阳光正好
收纳起所有的虚妄
让斑驳和锈迹
在冬天里走路

这个春天冷得有些深刻
听不到生命的轮回
一切变得不可言说

一只鸟的内心已斑斓成虎
对每一丝改变
了如指掌

昨夜的小雨

悠长的街巷如卷册
等着人翻阅
昨夜却被一场突如其来的小雨
淋湿了扉页

夜晚在雨的管弦中
舒畅着筋骨
抱着一团
幽暗的火

造不出比喜爱更好的词
却强摁着欣悦听雨滴在檐下
聚拢　再串串滴落
仿若把旧事拿出来翻晒
浮出遥远的香气

雨在天地间的喧哗
空明之至
万事万物此刻
都胸怀锦绣
幽深而矜持

隘口

这里的天空低沉
总有人从这里匆匆走过

上山的
下山的
背负着不同的心事

不能不走
如一段光阴
如光阴中的沙砾和尘土

把骨头磨到尘埃里
把情感掩埋在风中
没有时间端详内心的空洞
和空洞里飞旋的雪花

无数个隘口
总是堆满低气压

阳光斜斜地划过小径

那天
小径深处
有阳光斜斜地划过
像划过一座山梁
一同划过的
还有草叶隐秘的清香掀动着书页

小径的泥土有些柔软
昨夜的雨丝　今晨依然清亮
挂在斜斜的阳光下
有些黑与白
交互的战栗

忍冬花的耳朵伸了又伸
传来的依然是
雪花走过冰原的
那杂沓的脚步

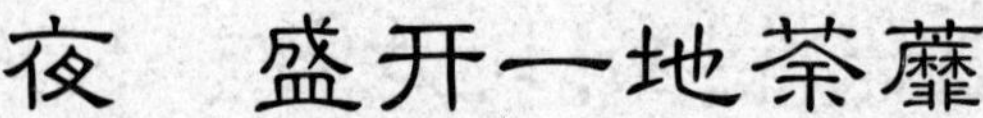

夜　盛开一地荼蘼

清凉如水
清辉中有玫瑰的香气
想起夕阳下你举起酒杯
如举起半个人生

月色下的白纸有些贫血
上面有悬崖
有危机四伏
还有凭空出走的油菜花

谁人在聚沙成塔

想起你看着夕阳
她看着你
夜　盛开一地荼蘼

咖啡屋

她总是把咖啡磨得像雨林中的蘑菇
朵朵清新
在咖啡屋　人们谈着经年
轻描淡写
墙上的画　逐渐深刻
骨子里飘出几分炊烟

下雨了
雨在玻璃上倒挂
模糊了界限
深居的人开始在雨中奔跑
沉默无效
每一杯咖啡
都像打通人生关隘的
一个符号
这时
炊烟一步步在雾气里
鲜活起来

第二篇　戈壁夕照

贝壳梁

你有一个诗意的名字
在高原
在猎猎漠风下
扑面而来的
却是海风的咸涩

千百年来
到底发生了什么
看见那么多贝壳嵌在梁上
以血肉之躯昭告着历史
眼中
有无数的酸涩

沙粒在这里聚集
磨砺着海的骨骼
一层一层
挤压出亿万年
海水的泡沫

轻轻地剥离出一枚贝壳
从沙梁上
生怕它疼得颤抖
它的壳上
还闪现着亿万年前
海的光晕

它的唇紧抿着
似乎怕一张口
就有浪
拍打出桅杆　鱼群和
远方的岸

那是它搁浅了千万年的
遥远的
眺望

背　负

长天高远
铺陈开漫天经卷
云朵放慢脚步
让自己背负的诵经声
传得更远

蝶翅上背负着一个
千古传说
从花山到花海
她守口如瓶
践约如金

只是廊道下的那匹跛马
究竟背负了什么
日日望着大路的方向
如同雕塑

苍　茫

风兀自吹
沙粒站成雕塑
从春到秋

车厢里的人们
在荒原上犹如被一匹马
驮向戈壁深处

远处的拴马桩
已隐入暮色
高处盘旋的鹰
依然在天空游猎

几片树叶
在匆匆赶路

苍茫
是这个黄昏
天地间
唯一的音符

当黑夜关上房门的时候

当黑夜关上房门的时候
能感受到雪山融雪的声音
和潮汐拍岸的轰响
纷沓的脚步
零乱着
生命被偷梁换柱的无奈

黑夜杂草丛生
每一片瓦
都从前世走到今生
细数过往

浩大的生活
一切只是路过
所有的因缘际会
始终载不满
那辆远去的
南瓜马车

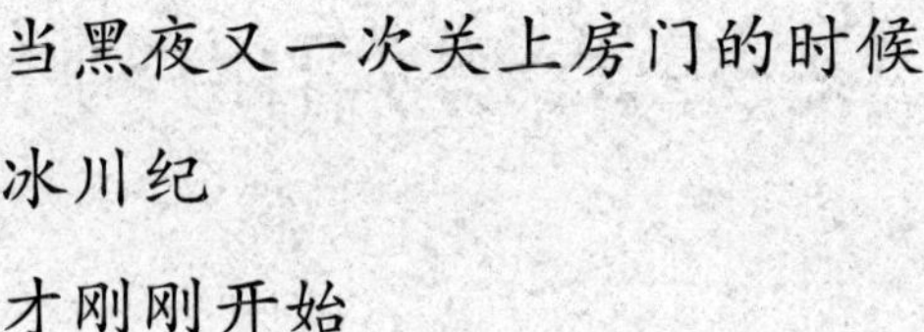

当黑夜又一次关上房门的时候
冰川纪
才刚刚开始

冬日絮语

冬的寂寞有点仓皇
万物都收敛起心性
一起修行

只有山巅的云朵
擎起素旗
默然飘过
给大地变幻一些角度
和明暗

冰川在搭悬梯
一点点引夕阳上山
羊群却在鹰影里
悠闲地与芨芨草根
谈论春天

风，呼啸而来

没有翅膀
带着些许哨音
呼啸而过

是地心的悸动
从不问谁是谁的来处

带着不由分说的僵硬
站在夜的高处
让天庭雷声滚滚

戈壁悄声静气
任沙砾走穴
芨芨草缩起肩膀
悄悄打量

只有远处的群山
沉默着
一边拂着夜的纱衣

一边擦亮星的灯盏

夜空

雷声隐隐

风雪夜过唐古拉

那一年的那一夜
在这离天最近的地方
在海拔五千二百多米的
唐古拉山上
大雪中的“依维克”
艰难行进如一只蜗牛

车灯昏黄
灯前唯见雪花银白　鹅毛般飞舞
还有因缺氧和担忧而肃穆
的十多张脸庞

雪祭出的白和高原夜色无边的黑
形成一个巨大的黑洞
扑朔迷离
所有的神话
在门缝里进进出出
此消彼长

整整一夜

车轮一寸一寸小心翼翼

挪过这片冻土

微光中

唐古拉风雪

渐渐成为倒影

荒原

伸开了臂膀

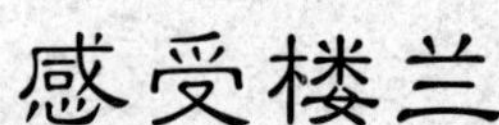

感受楼兰

都说你被风沙侵蚀千年
已风光不再
斑驳中　隐隐可闻昔日的号角
和金戈铁马
那些渗入年轮的岁月
在月光下泛着斑斑锈迹
反射着涅槃之光

残垣断壁
有昨日的葡萄美酒
古道荒原
依稀响着寂寞驼铃

呵　楼兰
你这昔日大漠中的美丽女郎
历经千年
依然用温润的手
捧出一盏芬芳流殇
惊喜整个
戈壁斜阳……

高原的云彩

草木的牌桌已散
天又高了几分

蓝天太蓝
鹰有些寂寞
找不到归宿

只有高原的云彩淡然
在更高更远处幻化
把草木的不死之心
演绎得
如丝如缕

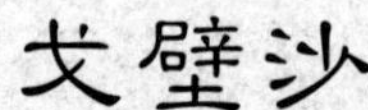

戈壁沙

流浪千年
幻化着色相
用匆匆的脚步
一次次
丈量山河

随风缘聚缘散
如宇宙间的一个个密语
每一次流沙
都让发育不全的山水
现出原形

岁月的脚步匆匆
揉碎了多少
戈壁石

你是戈壁沙
骨子里有一些硬度

捕风捉影不适合你

于是你坐拥天地

用锐角

折射苍茫

过去这里是片海

你用海的涛声
打造出沙砾的饱满
你用千桅万帆
堆砌出大漠的雄浑

如今
尖峭的岩石上空
犹能听到海鸥声声
荒凉的戈壁滩上
每块石头
都镌刻着海的传说

过去的渔网
拉成了如今山的脊梁
浩瀚的盐湖
浓缩着海的前世与今生

沧海桑田
风过处
已是　万年

荒原梅

压住内心所有的悸动
从晶莹的雪中
剪出一丝蕊
在荒原夕照中
折出一段骨

弹破尘埃
用咬紧的唇
和广袖间舒展的暗香

荒野辽阔
大雪蓬勃
风掠过所有的枝条
天空渐渐倾斜
连根拔起之前
花蕊的火焰
明明灭灭
和满天繁星互映
骨头
始终在血液里行走

缄　默

石头们挤挤挨挨
搁浅在戈壁滩
四万八千块城砖
挡不住那一息烽火

一个灵魂站在高处
缄默地看着一切
不发一言

理想秀发锦袍
站在云端
现实瘦腰穷履
立于沙上
远方
一片苍茫

勒勒车依然咿呀地
走在夕阳绯红的草尖上
马头琴悠长的回声

醉了胡杨漠漠的倒影

四万八千块城砖
依然沉默
看理想在云端高坐
看现实在风中奔走

一言不发

今冬无雪

整整一个冬季
云层都在沉默
高原　晴得有些单调

雀舌在紫砂壶里跑马
光影在书页中印证春秋
干燥的风
已回忆不起雪的前世今生
山的发际线
在　一点点升高

没有什么
比不下雪的冬天
更不像冬天

只有朔风
远远地
送来季节河的讯息
才知冰凌也曾
一路走过……

今天，天阴

今天天阴
草木四散而逃
雪花也无影无踪
只有浓云沉吟着
在这深冬的早上

一缕缕的朔风
让楼房都缩紧了肩膀
雪白的冰面上
马蹄在打滑

高原的冬天
有些寂寥
万物都在赫赫营营
为通向春天买一张门票
只有鹰
睥睨众生
时不时在高空
划下一个优美的弧……

经过察尔汗，看见盐花

海平面隆起
骨骼扩张
一滴水因含盐
而沉重无比

阳光撒下白色的网
有风叩过它的胸膛
盐卤激荡
表面却
不动声色

一条路在它身旁蜿蜒
神灵匍匐
经过时悄声细语
没有谁能无视
这万古洪荒

只有一滴滴水在卤中
孕化

晶莹成一个世界的框架
一半的生命在水底修行
一半的生命在蓝天下
灿烂如花

大地苦短
而天空永恒
你用你不一样的骨骼
不一样的血脉
锻造出另一个
熠熠星辰

惊　惶

不知你嗅到了什么
黑玛瑙般的眼中充满了不安
竖起的耳朵和紧绷的四蹄
无不宣泄着你的焦灼

此刻的世界很安静
偌大的荒原
只有风
但你的惊惶却如此真切
电流一样
让人感受到了草原深处的剑影

你微昂着头
身上的梅花如此清晰
虽然紧张
阳光下
仍如一幅美丽的
剪影

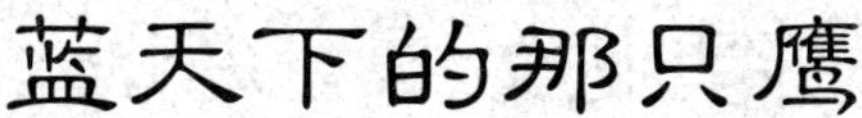

蓝天下的那只鹰

天梯太远
草木不够葱茏
那只鹰在蓝天下盘旋
俯仰间　阅尽苍穹
偶尔它会静止
悬于空中
感受来自地球第五极的风

它的身影
有着来自远古的孤独
每一次俯冲
都仿佛呼啸着从这个世界掠过
聚集了所有的力量

高处的无限性
彰显了
众生平等
临顶的孤绝
高于海拔
使它的世界
无人能懂

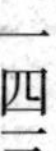

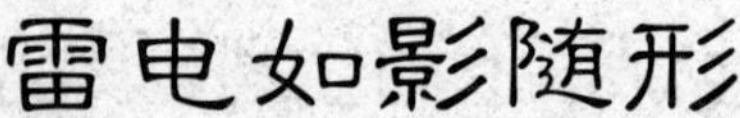

雷电如影随形

荒原背过身去
在这个多事的季节

一夜狂风
芨芨草头痛欲裂
雷电变换身形
亦步亦趋
没有丝毫喘息的机会

奔跑的沙石
强忍住内心的焦灼
扶起了一棵又一棵
摇摇欲坠的小草

几只蚂蚁奋力举起天空
寻找一小块
可以安身立命的
角落

辽　远

那个下午没一丝风
蓝天下
几片羽状的云
背靠雪山在打坐沉思
塔尔寺的墙
巍然　透出几丝禅意
整个人间
一派辽远

有些痴醉
在一朵朵酥油花里
前世今生
模糊了界限
忘了风
依然在三界吹拂

浩大的宇宙
此刻都在
喇嘛虔诚的指尖和
辽远的
经书里

六月飞雪

这个夏天
仙班有些错乱
时常能看到
盛开的花朵举着雪的杯盏

让人想起窦娥冤

冬的裙裾
时时飞扬在夏天
雪内心的火焰
炙烤着无限的蓝

冬和夏牵手
春已醉在
白雪深深的庭院

落　日

提灯人遁去
苍茫挤挤挨挨
忙着把幕布拉下

夕阳回首
无言地
收走了最后一抹
绯红

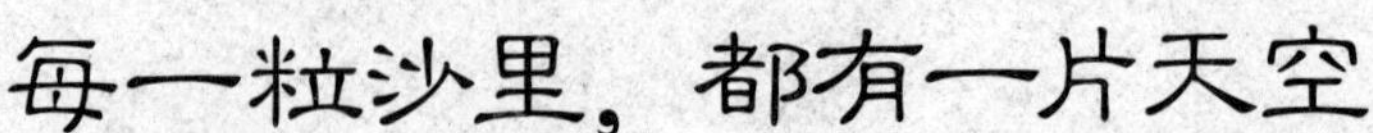

每一粒沙里，都有一片天空

千百年来
沙不断迁徙
幻化成石　成珠　成海
打磨每一个颗粒
羽化成仙

蚝　用内心的柔软思念沙
蚌　以外壳的坚硬品鉴沙
沙和浮云一起行走
又一次次
被风　带回家

胡杨在沙中虬练筋骨
海水在沙中沉淀蔚蓝

沙用无数只手掌
轻抚大地
触摸蓝天
它的每一次驻足

都是一次呼唤
每一次淘洗
都是一次涅槃

它把江河湖海
都吸纳到小小的内心备案
因为每一粒沙里
都有一片　饱满的
天空

那时阳光正好

你打马经过我的草原
那时阳光正好
微风情绪鼓胀
如同草原的炊烟
所有的花和叶
都充满了生命的光泽

你摊开手掌遮住阳光
漏下一地的斑驳
拴马桩和蒲公英
在阴影里对话
一派祥和

远古的潮汐澎湃
跌宕出沉重的背影
夕阳给万物耐心地勾上金边
疏离出遥远的距离
草原深处
有巨大的空洞
和风一起弥漫

那条河

落地生根
草木无法寻找出处
就像戈壁滩上的这条河
走走停停
平等地领取时间和
绿色

她平静地接受荒芜
蜿蜒地流淌
从沙漠深处
举一世晨光

她像个婉约的绣娘
在春风踮起脚尖时
把红柳、小草和
蓝天下的鹰
一一绣到胸襟上
灿烂了整个
戈壁斜阳

那一场星事

独角兽在荒野唱着笙歌
群山缄默
莫衷一是

孤独是今晚的星事
天空放下自己的倒影
层次错落

藏羚羊遁入黑暗

只有芨芨草大睁着眼睛
一边感受着雪山的气息
一边享受着
孤独的自由

那一场星事
由来已久

纳木错

远远地看见你
山峦突然失声
是亿万年前的冰湖瞬间跌落

震撼　一瞬间
灵魂仿佛在踏着天梯
直上重霄
天地间仿佛只有风　只有这湖
梵音在蓝得不见一丝尘埃的湖面
踏浪行进

磕长头的汉子
手尽力伸展
仿佛身下拥有的 是整个宇宙
“衣衫褴褛　心怀锦绣”

离天最近的地方
够得着天堂
风过处湖面的波纹
是众神的诵经声
朗朗

青海湖

在万米高空看见你
你是一颗嵌在浩荡戈壁的宝石
俯拾千波
带来海的辽远

一滴蔚蓝
跌宕了几千年
带着鸟儿飞羽的锋芒
载着牧人匍匐的神光

胸膛随大地起伏
道路向天边蜿蜒
看经幡在蓝天下
猎猎
有一种深入灵魂的
安然

四千三百五十四平方公里
是你挂出的　凌凌明镜

你用千年的水波
演绎骨子里不一样的
咸涩

岁月的沙从湖底
慢慢升起
远处的蒙古包在夕阳下
牵出了
碎银似的
一地羊群

秋　来得正是时候

秋
来得正是时候
牵一匹白马
从夕阳下走来
驮满金黄

她把黄色的衣
给了草原
把紫色的铃铛
挂满原野
风中　凛凛的
都是麦香

天空紧了紧衣衫
接住了
雁阵飞过时掉落的
那根
羽毛

沙丘上的那峰驼

那只骆驼在沙丘上站了很久
如天地间的一尊雕塑
雪花越来越大
渐渐看不清它本真的颜色

它用所有的肢体在观望
仿佛遗立在苍穹的一棵树
它的思绪
是否如此刻　戈壁的风
丝丝缕缕
深邃得入骨……

沙丘蜿蜒 似残垣断壁
丘上的这峰驼
压下了胸中所有的轰响
在夕阳的雪影里
站成了一抹
昏黄的树影

沙枣花开

驾着马车赶来
带着自己梦想的乌托邦

在泉水里洗清亮了眉眼
又在一阵阵风里
送出祝福
铺开一个漫天漫地的
盛宴

醉了整个春天

同时　许多顽石
迎风瓦解

深　秋

没有太多言辞
色彩浓烈如酒

大雁在天空排兵布阵
山峦在晾晒雪的衣裳
秋的孤傲
高于海拔

田野金黄
谁拉开了谁的餐桌
一片馨香

站在深秋的门槛
冬在门的那边
踮起脚
悄悄
张望

小　城

用运化之诚守门
这一滴水的缘分
用七片瓦八块砖
盛满雪山的苍茫

漠风　雪花　芨芨草
装满小城的回响
经幡　盐湖　藏羚羊
行走在小城的城墙上

云朵进进出出
排列空前的金色仪仗
静谧如椽
书写着雪山的每一次俯仰

只有沙砾醒在午夜
一点一点铺陈出
小城的前世
今生
顺便捡起
一片月光

一场寒流

不期而遇的一场寒流
让大地打了一个喷嚏

雪，一直在下
高原
顿时清凉无比

昆仑神打起白色的伞盖
邀众神共饮
缪斯却不胜酒力
醉倒在青海湖边

有赶路人匆匆走过
感受大地的幽深与矜持
风过处
不见一丝　痕迹

盐湖·盐花

你睡在亿万年的梦里
用碧绿的波涛　演绎你的苦涩

一望无际
是神的诱惑
而你
用一遍遍的蚀骨
幻化出惊人的盐之相

这盐的海市蜃楼
是不慎跌落人间的一块玉
在阳光下　美得炫目
遍体冰肌
是谁一勺勺浇铸

海更把难言的痛
浓缩成一粒粒盐的内核
摆上供桌
任人品尝　心中的涩

玉珠峰

你袭一世寒凉
在云端念经
九十九朵流云
在你脚下羽化
不声不响

披坚执锐
站在高处
引三百六十朵莲花
守万千教化

冷寂如鞭
雪线之上
光影幻化出奇异的相
而阳光在雪线下一寸寸
驻守
如硬币的两面

玉珠峰
你在世界屋脊运化
满世清凉

天空的魂灵
——玉树雪灾掠影

已是春天
大雪却疾风狂舞
在雪山之巅
书写天地玄黄

万物一片混沌

一夜之间
山川沟壑已隐去全部真身
了无影踪

时光冻结
数日仿佛洪荒

唯余雪的深度在人们心中
不断堆积　碾压

雪白的羔羊

敦实的牦牛
一只一只
倒卧在昔日的草原
寒冷的天空
倾斜了

无数关注的目光
灼热了这片净土
无数双手
重新抬起了这片雪域的脊梁

唯余天空的魂灵在雪中涅槃
一切悲壮
都如刻刀的锋刃深入岩石
高原
连悲伤
都如此　寂寥

春的原野

春风有些瘦削
如老犁般碾过雪的胸膛
原野有些僵硬
带着一冬的铠甲
无所适从

天空疏朗
几棵老树的枝条　柔软中打开了
时光的通道

高原的白花花的流金
从这一刻起
开启了旁若无人的盛大旅行

遥远的渺远
春风伸出手臂
捡起一地绫罗

第三篇　履齿苔痕

背　影

一个背影
融入碧空如洗的午后
没有回头

那一天
长调如歌　琴声喑哑
心里杂草丛生

手心里的一把沙
攥得太久
滚烫
迎着阳光抛洒
闪着金色的光

背影越来越远
微小如尘
那一刻
竟有一丝难言的
轻松

不知什么是浮生缘

兜兜转转
仿佛一次不经意的落差
一颗星子与山水邂逅
从此
雷与电相伴而行

不知什么是缘
浮生缘
用血缘作筏
浮沉人生
时而如饮甘露
时而削骨拔髓

没有准备的前生和
跌跌撞撞的今世
一起前行

草木人生

不必幻化
草木在各自的领域搭建牌局

天空时阴时晴
草木的内心纷纷扰扰
一阵风过
匍匐或枯萎
没有定数

太多的植物
一生都在领取时间
并从容地
把荒芜还给荒芜

更多的时候
小小的身躯举着大大的天空
跌跌撞撞
从各种石头缝隙中突围
发不出一声
呐喊

曾　经

曾经
你是那棵远方的树
猎猎日下
独自仰望苍穹

曾经
远方也有风的絮语
一下一下
徘徊在整个宇宙

树的伟岸
使你傲然
却在星空下
独饮一腔孤寂

曾经的曾经
远方已幻化成
星空下的一个　剪影
于苍茫中
讲述
逝水流觞

岔路口

又一次走到那个岔路口
箴言一样
如影随形

向左抑或向右
三叶草并无明确提示
一切都不确定
云雀抛下一个意味深长的
眼神　飘渺

春笋却不管风从何处来
依然跟随节令的脚步
节节拔高

探头往时光的飞尘里看了看
一步一步
深深浅浅
并不比树的年轮高明多少
心如尘埃

岔路口

定格在蓝天下

越来越微渺

窗内·窗外

窗外
流云绕着无尽的屋脊
行走
尘世的烟火
正随处
绽放

正是四月流萤的日子
室内却一片静谧
只有氧气瓶泛着微波
诉说着不一样的
心事

太多的风尘
沉积在浮世
抖落时
发出箜篌般的声响

微酣的梦境

有许多被混淆的人生

面目不清

无法考证

虚妄处

守候着不一样的云烟

冬天里的那场雾

水　缺了骨头
不慎遗失
遮住了人世的三千里烟火
各路仙人站在山头
衣袂飘飘　羽扇纶巾

远处的山峦　云影
被泼墨　留白
雾的脚步轻浅
手法细腻

铁索桥上的红星
连同桥下奔腾的浪花
仙界一般拱出不二法门
若隐若现

没有雨雪的力量
却将朦胧　演绎到每一缕骨髓
水墨画的世界
铮铮作响

窗外的老树

睡意昏沉
盘坐在春风里
有时和风沙打打哑谜

枝条一半伸向空中
一半逶迤在侧
冥思苦想

斑驳的树身在夕阳中
扑朔迷离
苦痛抖落一地

夜的清辉流泻
它在风中
一边独守
一边回忆过往

叶片翻飞
是它三生四世的
惊鸿一瞥

多想时空是一匹马

天河开了口子
泥沙滚滚而下
四海八荒一片静寂
青鸟盘起巨大的翅膀
囚衣
从青石上脱落
站在高处
看灵魂竖起祭旗
来来往往

多少往昔
此刻都付与浮云
梦的衣裳
梳理着不一样的
夕阳
多想时空是一匹马
不停歇
蹄下
有奔腾的泥沙

窗外的月光

用沉默网住三世
轻浅地挪动脚步
似一只
千年的狐

变幻的色相
没有悲喜
把思绪斟入夜的每一个杯盏

十指相握的双手
被月光轻轻穿过
同时穿过的
还有如霜的信笺和远方的
惊涛拍岸

清凉如草
在这个月夜
种满了　空茫的
四壁

风铃一样的午夜

时常
风铃一样醒在午夜
听寂静如针
根根在生长

也曾拉着记忆的雪橇
在午夜里奔跑
山峦繁复　冰川清瘦
模糊得
看不清方向

更多的时候
在各种梦的门槛里出出进进
听风穿过树叶
沙沙在响

而我
在午夜里　风铃一样
清晰地
站岗

浮生半日

思绪在煮沸的茶壶里翻滚
煎熬着肉身
杯中雀舌上下浮沉
解读着光阴

这个冬日的午后
心中的草　滋长如风
手指却叩着窗外的阳光
一寸寸浅移

佛前的莲花
在这个下午
一瓣瓣绽放
如密语
带走了多少
心驰神往

水和鱼在密谈
风过处

书的心事
被晾在隐秘处
一次次
舒展

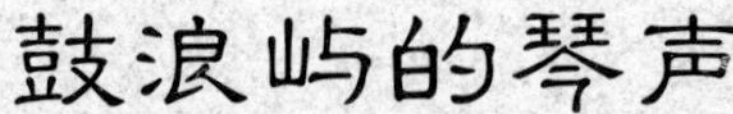

鼓浪屿的琴声

从浪中的伊甸园走来
跌宕过所有的石阶
空蒙了椰树、花草和
鹭岛
湿漉漉的清晨

放轻了脚步
缓缓地走
将梵音　古刹都融入
如水的琴波
起伏三千

小径上的青苔
柔柔地
诉说着海风的心事
静谧
是个硕大的青瓷盘
装不下
那跳跃的

五线谱
整个海
因此变得
灵性十足

故乡的水仙

没有谁的世界比你更安静了
两扇柴门
一湾碧水
便值得你托付终身

一身素裙　临水而立
连空气
都已出尘

一切都是微小的
你的叶　你的花　你的身影
竭尽所能地隐身
只有朱唇微启时
满腹诗书
才漾了铺天盖地的
一世精华

青白处
暗香浮动

海南印象

（一）

坐在春风里
风的羽翼从未如此饱满
沙　握不紧
欣悦地从指间
逃逸

一棵棵椰树
从远古站到今
疏离着夕阳和
晚归的帆

（二）

浪　翻卷着追逐
礁石沉吟着

不发一言
潮起潮落
空茫的只是
时间

（三）

漫天碧野的绿
是春悬挂的纱幔
从街心　到转角
有多少心事
在这里出尘

雾太大
湛蓝的海
此时只在垂钓人的
钓钩下

故乡的雾霭

每当月明星稀的夜晚
故乡的雾霭
总会萦绕在风中
带着丝丝的凉
让人想起故乡青石板上的雨丝
和那棵带着露珠的
芭蕉

白墙青瓦的檐角
风铃在一声声
摇荡岁月
更有墙角的爬山虎探头探脑
在夕阳下
晾晒一身绿衣

清凉的思绪
随雾散后清亮的远山
沉淀
还有庙会上的彩灯

盏盏

每当此时
我知道
是故乡的风又一次
萦绕在了
心之谷

海上菩提

远远地噙一炷香
踏浪而来
波心里涌动的
是亿万年的慈悲

海上仙山的传说已遥远
阳光下的菩提
每一枚叶片都舒展着众生平等的信念
一寸寸
捧出内心灼灼的火焰

在这片隅之外的大寂静里
坐等
心怀旧事的人煮雪成茶
再掬一捧海水
用柳枝　点上你的额头

不必问缘由
菩提树下
处处皆是　因果

黑夜　转过身来

每当夜晚来临的时候
都能听到远方飞瀑的声音
极光一样
分裂着黑暗的脚步

整个夏天
芨芨草都蘸满露珠给蓝天写诗
充满羞涩

原野一如既往地宁静
看风轻柔地走过
不留痕迹

只有夜的锦袍被星星打湿时
黑夜
才转过身来

荒　芜

（一）

骨子里的神往
在跋涉中渐渐萎靡
手心里游走的
是四海八荒的叹息

心之泉被羁押在冬季
失去自由
探险
亦被约束路线
兴趣索然

伊甸园只是个远古的传说
风　总是呼啸着穿过原野
粗粝了整个
戈壁滩

（二）

沙砾在梦中书写着诗行
芦苇挥洒着的
是昨日的雨滴
远山在坐禅
云朵　默然在山后
打樵
微风将蓝天的一个角
轻轻掀起
卷边

（三）

不发一言
红柳给沙丘打上印记
雁阵的羽上
滑动着风的回声

是什么
让你如此支离

空留一天一地的沉默
荒芜的生命
手心里握不住一点
温度

黑夜　船突然搁浅

今晚
笔端艰涩
像船在水中
突然搁浅
有冰凌在笔端缠绕
像一个梦在
等待解析

夜色深沉
怎么也穿不透飞扬的黑发
全副武装的山峦
列队封堵冰裂的河流
手忙脚乱

艰涩的笔
又一次游离于夜色
把雪花和一段一段空白
铺满纸张
不问西东
仿佛灵魂的祈祷

黄梅雨

这个季节
万物都在攀缘

有个死结晾晒在天地间
湿漉漉的
没穿雨衣

思绪浸洇在水汽里
疯长

墙角的绿苔
趁机出来换口气
蟋蟀淘洗的天空
跌跌撞撞
跌跌撞撞的还有
青石板上潮湿的
足音

乌篷船的桨也湿了
一声声
摇出的　都是
乡愁

街头橱窗

明明灭灭的天空
和明明灭灭的霓虹灯
组成了城市的上空

橱窗里
幻化出人类的森林
来来往往

柏油路沉默地
解读着白日的喧嚣
和夜晚的落叶
一言不发

青铜鼎如智者
端坐在城市最中心
默念经文

人群向左
人群向右

江南雨

你在梦中拍打着窗棂
淋湿了所有的芭蕉

你悄悄地从梅子蕊中
探出头来
沉默地肩负时光
让残荷　陶罐都折射出
稀有的第六音
又将湿漉漉的衣裙
晾晒在
每一缕风的阳台

你是一个柔媚的娇娥
托着一个琉璃盏
幻出一个碧绿的
梦幻江南

今夜，是那无言的笙歌

鹿岛的夜
虚浮着蛮古的洪荒
风带着潮湿的气息
送来椰树悠长的梦

又大又圆的月亮
困在四方城里
有一些慌张

不要打扰　那无眠的海浪
流沙　已漫过整个天堂
匍匐的草
用晶莹的露珠
拂过听海人的裤脚
衔来了　风那遥远的惆怅

而无眠的夜一次次走失
背后响起的总是
无言的笙歌
和困在四方城里的
月光

山与水的距离

这
不是一页书的距离
披霜挂雪
如远方的山峦
含一方雾气

指缝太宽　光阴太瘦
一切都已虚脱

水萦绕百里
剥离冰凌　仰望暮色
抽离每一寸脚步
寂寞又寥落

所有的注脚都已稀薄
就像那片
缺氧的空气

既然山水相遇无法美得惊艳

那么

独自守一方天

莫要凭栏

看　海

忘了
海的遥远
就这样驾一叶扁舟
去看海

去看海边的流云和
天边的网

海上　脚印纷沓
诸神忙碌
却赶不上风雨无常感性的节奏

天幕低垂
星星被网拉到水下
夕阳无所适从
一条鱼走过
没有任何意义

挥一方绸　在海上

不管乌云和乌云的爱恨交织
让每一次浪涌
都有霞光

海上仙山的传说　已远
空留下许多
海市蜃楼的波涛……

距　离

一转眼　枉费了多少春秋
几千公里的距离
望白了高原雪线和海岸波涛
同一棵树的果实
却因缘际会
竟于大地东西
披风挂雪
各自生长

寥寥数天的
相聚
短得如一个浅浅的梦
不及深刻
珠江夜的水波
难掩小蛮腰的灯光
一如亲人脸上的笑纹
难解数年的
相思和

乡愁

背转身去
那颗欲坠的泪
忍到路上
再流

一个午后

一连几天
你都早早出现在
医院的电梯间
细心呵护着手里的早餐
疲惫
写满全脸

但依然宁静周到
谦让着身边的每一个人

直到一个午后
在医院的一个拐角
从医生办公室出来的你
泪如雨下
头抵着墙　蜷缩椅上
无助的白发　蓬乱如草

那一刻
时光苍白如血

心如刀绞的我

不知该怎样去抚慰

一颗

做母亲的心

空　无

抱着向日葵的少年走远了
那片金黄
连同那片金黄的麦浪
园子里
空无一粒种子
潮汐把疲惫风干在夜里
不发出一丝声响

是前世的因果
还是彼岸的收获
都已随风散去
历史永远不可能变成同一条河流
雪
擦伤了过于关注的目光
唯余空茫

星星压低了云梯
失落的风
一次次裹挟着云彩

潮起处

港湾决定放手

让船

远航

老　街

似一个阅尽沧桑的老人
家乡的老街把所有情绪都隐在
厚重的青石板路和
飞檐斗拱的房屋里
不动声色

白昼的喧嚣和夜晚的宁静
是它的前胸后背
始终披一身霜站在月色里
任风吹凉所有的骨架
看百年的门
咿咿呀呀地开合

太多的故事和光阴
在窗棂和飞檐间游走
街心的木棉
和檐下的雨滴
历史一样
停滞

只有骨子里熟悉的气息

似网

翻山越岭

扑面而来

路口那盏灯

夜
斑斓得有些扭曲
像镜子里的事物
虚妄得
有点不真实
风起来了
沙粒趁机旋舞
打得世界微微得疼

习惯了白昼的喧嚣
夜的寂静和斑斓
让年轻的树们
有些许的　恍惚
它们学着有经验的石头
把酒洒在心里
醉了一路

不愿醒来
直到看见
路口那盏风雪中
扑朔的灯……

忙碌的日子像风

所有的人都在路上
拥挤着向前
欲望的大海深不见底
日子随波浮沉
颠簸如浪里舟

忙碌的日子像风
风里填充着各种履历、各种表格
和被风刮走的越来越薄的
时间

生活被压榨得瘦肩弓背
一脸菜色
没有了当初梦想的丰盈

人生还能承载
多少计划
理想更多的时候是搁浅的鱼
横在干涸的沙滩上

无人问津

每一个弱小的身躯
都梦想着装下一个大海
假象镀了金
生命从此
不堪重负

梦境

昨夜站在梦的高处
清晰地看到生活变成幻灯片
无数的风涌入
还有草屑和酸雨
许多的人
清晰可见
一颗心
被推来搡去
离岸很远

耳畔有沙粒的鸣叫
和心的堤岸崩塌的声音
四周都是它的伴音
黑洞形成
一颗石子　被重重抛起
又深深落下
没有痕迹

母亲节致母亲

今天，母亲在天堂点灯
烛油滴下来
辣了我的眼睛

无数个日夜
把自己浓缩了再浓缩
也无法变成颗粒
再次摸到母亲的衣角

自您走后
我竟无处撒娇

今年的母亲节
我在香格里拉
胸膛伏在大地
思绪挂在空中

我正在感受
命运的一次不友好的

玩笑

自您走后

我的眼泪

再无处抛洒

天堂里冷吗

虽是五月

我的心却已冻在

西伯利亚

梦中的天梯

一连几天
叩响梦的门扉
熟悉的笑容
昔日的庭院
您让我相信
天梯并不遥远

只是梦中的你却很迷幻
一次次努力
却怎么也看不清
您的脸

一嗔一笑
孕化了多少山水
天梯那头的亲人
可知道
无助和思念
有时会把人
打入深潭

迷醉在你的星辰里

总是在夜晚
你闪耀在梦的渡口
你用夜晚的
每一件青衫
盖上我的每一片鳞羽

我的灵魂
栖息在你的肩头
许我用三千浮华
换今生的一次回眸

血脉深处的思念
是一叶叶升起的帆
风里　雨里
摇来的
都是故乡的潮汐

真想种点什么
在雪白的稿纸上

更想变成一尾小鱼
迷醉在你那
永远的星辰里

那把岁月里的二胡

似乎几个世纪了
那把二胡的音色
一直隐在时光的尘埃中
不忍拂拭

记事起
总能看到您给二胡调音打蜡
在生活的每一个间隙
都能听到它的旋律
像烟火　像山峦
像远方的雾霭

总以为时光遥远
还有许多时间可以浪费
直到二胡有一天戛然而止
才知道生命
也能像落叶
在某一个瞬间
就飘然而下

心痛

有时也猝不及防

如今每当想起它

总会更思念那双

拉弦的手

不知天堂里

是否也有

一把

二胡

宁波的风

沐浴着古港口的波澜
体会着诗和远方的潋滟
风里有骨头
有千年的梅妻鹤子
起舞

白墙黑瓦
掩三千年沧桑
古树瘦石都　轻柔款款
和草木耳语
仿佛前世的熟稔
与高原挟石带沙不同
她更像踮起脚走过田野的
丽人

伸出手
从海拔两千多米的高度携
一朵雪花
融进这海的珠幔

聆听

不一样的涛声

拍岸

那年，雨很大

那年，似乎整个夏天都在雨中
似乎把天南，下成了地北
思绪
被淋湿了一次又一次
更多的
被拿到河边浣洗

斑驳的天空
带不走斑驳的记忆

风　总是从低处拾级而上
用它最潮湿的部分
去给天空翻页

坐在岸边
我们像只湿漉漉的水鸟
用往事梳理
柔软的　羽毛

生活的云层很厚

——写于扬州

背负着行囊
从灵魂到肉体
一路前行

酣睡的人如孩童
雨中的四月
却没有了当初烟花的绚烂

生活的云层很厚
不知哪朵云
突然就　淋湿了衣衫

俯身捡起瘦瘦的年轮
一圈一圈洗去浮尘
最隐秘的航程
往往驶向
最不可知的港湾

那晚的列车

那晚的列车
开往梦的城堡
紧握的手
是伸向城堡的触角

灯光下的蔷薇
适意地舒展着叶片
在各自的领域
深深浅浅地　交谈

从没有这么近
呼吸着浓郁的
梦的气息
夜的手
柔和地抚过所有的梦幻

天要亮了
没人发现
蔷薇淡淡的忧伤

如身后那不绝的

铁轨一样

曼延

徘徊在故乡的街角

轻轻打开年糕的包装
我嗅到了你尘封在
岁月中的味道

如一个远归的游子
我徘徊在故乡的街角

我的皮肤
有阳光的晒痕和沙漠的咸涩
我的身后
有雪山的洁白和盐湖的风霜
这一刻
我要放下所有
专心聆听你的心跳

一条远航的船
带着斑驳的年轮
驶入港湾
我徘徊在

故乡的街角

多少星事
都沉淀于杯中的米酒
每一滴江南雨
都曾在月夜
跳跃在戈壁的树梢

不用“梧桐更兼细雨”
此刻
站在老屋的檐下
我的眼中
已空蒙如
带雨的梨花

那一年的兵马俑

那一年
西安的冬天很冷
朔风吹透了三街六巷
天空冻得
失去了颜色

那天的兵马俑也很冷
肃列的队伍
金戈铁马
有着大战前的紧张

天气阴沉
空气中弥漫的都是
几千年前的烟尘
兵马俑的一个眼神
闪过血光

囚　徒

——致友 X

昼夜不停
他在经营他的城堡

他的骨骼任风侵蚀
他的手掌长满绿苔
他的心脉
惊醒在
每一个有雷电的午夜

他的发
猎猎成城堡的旗帜
他的十指
插入地浓荫成林

他把自己铺陈开来
任鸟雀嬉戏
任星辰照耀
任躯体挥发成

一株遒劲的
老树

夕阳下
他的城堡金碧辉煌
每一个骑马路过的人
都会驻足良久

可在一个残夜
他醒来
发现除了城堡
自己一无所有
他已成了这个城堡一个悲哀的
伤痕累累的
囚徒

山那边飘来的“走西口”

胸腔里的一声婉转
推开了许多流离岁月
黄土地的缝隙里
清亮起深深浅浅的
一腔柔情

沟沟壑壑的山垅
抬起了满是皱纹的头颅
有歌声的夜晚
星星近如
家门口的灯盏

隐去血脉里的滚滚黄沙
轻扬
如一场盛大的涌动
风中的山
把静默藏得更深
黄昏
竖起了倾听的耳朵

深夜电话

淤积了太久的河流
在这个深夜飞落岩壁

如一株草
在雨夜里检阅自身
听不到太阳下山的轮回

往日的痂再揭开有风声呼啸而过
震颤
竟如盛开的莲花

忘了经纬

所有的情绪
都不再飘荡
那个深夜
心
已有所皈依

从此后
草木在雨夜
不再　飘摇

失血的山峦

一场飓风过后
山峦失重
万物停止生长

夜的海
有无数草屑飞入
零乱了整个天际
无法入梦

鹰也停止了飞翔
自囚于天空
落羽纷纷

失血的山峦
心力交瘁　难以守望
从此
无法远航

酸刺果

经历过阳光和风雨
这棵树仿佛在参禅悟道
有了种不一样的从容
刺　依然根根向上
却簇拥着一颗颗晶莹的世界
沉默

大地的温暖和辽阔
让它更加缄默
每一份懂得
都收获着根与魂更深的等待

酸刺果是心中的那道堤坝
有童年和少年时的夕照
不敢随意翻越
却依然酸得迷离
常年抱着一颗酸涩的核
在旅人的心里
医治时间的内伤

岁月的拐角

日子，在这里被撞了一下腰
像不小心一头撞到云上
冷不防地
岔了道
才知道生活不是单行线
前路永远
布满了太多的　出口

散步的时候
每一片光影里都有种子
都有晨曦那微波一样的呼吸
撞了腰的岁月
漏下来的星光微凉如斗

高原的夜色
似乎只剩下了天空分担的部分
那么浓稠的一滴墨
在拐角
被稀释得
恰到好处

听李健的《贝加尔湖》

这个湖
水缓　波静
盛大　深邃
这个湖
沉淀了所有的泥沙
让人泪目

你的舒缓演绎
拍打出贝加尔湖千年的波涛
那丝丝金属声里
沉睡着一个 佛

那么多的《贝加尔湖》
唯有这首
像心弦漫过整片
干净的荒原

无 言

那一天　电话掉在地上
世界随之　哑了

颤抖的思绪
找不到路径奔突
碎裂一地

无言此时是场虚妄
按捺下滔天的悸动
如狂沙掠过草原
颠覆所有

在坍塌的世界里
一任缄默这黑色的风
不分季节地
游走

夏夜闲章

窗外的雨淅淅沥沥
午夜的树枝多了些况味
时光之驹驮着剑
“嘚嘚”地踏过了谁的
草原
拂起了草尖上
晾晒了一冬的露珠

秦皇汉武
在书页上指点版图
历史的厚重从灯下
被一声声叩出
金戈铁马交相辉映
在午夜
敲响了不一样的编钟

雨声淅沥
夹杂着金属的铜质
落在哪里　就发出哪里的声响

书本上的那团墨

已被雨稀释得了无痕迹

大地此刻

伸长了　温和的

手臂

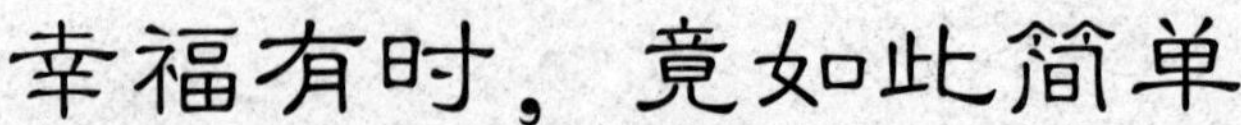

幸福有时，竟如此简单

如裂帛般
一个旋涡　森森如
不怀好意的眼神
不经意间
已几经浮沉

正是春天
寒风却　簌簌侵入
心原的刺痛
昭告着世界的多层架构

骄阳的午后
匆匆走过那座桥
古运河的波澜在桥下涌动
一如焦虑站在高处
拨笙鼓瑟

忽然好羡慕桥头
那一群打着扑克等活的

黝黑的脸庞

专注　快乐　健康

才发现

幸福有时　竟

如此简单

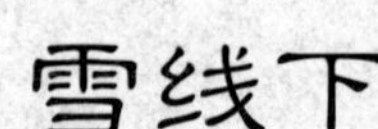

雪线下

流转的是天光
一点点暗下来的
是门　还有阶梯

叶子像只鸟落在地上
没激起一点尘埃

白袍的居士在山顶
一页页翻书
雪线　不断上升

趁天色还好
趁余光未老
沿着白马一样的交通线
我们只身前往
金黄的
北方

崖边那棵树

几乎一夜间
油亮的叶脉已模糊
山峦的侧影一点点拉长
在树顶浮游着的
都是昔日的春光

偶尔　静默
更多的
是雨中久远的忐忑

它把叶子一片一片擦亮
把暮色逼进胸腔
看光影穿过枝丫
斑斑驳驳
风过处
摇响的都是岁月深处的
沉淀

阳光　从庭院走过

不用回头
也知道庭院里此刻阳光正好
爬山虎
正在角落里努力攀升

风
穿过海棠
和那一树香樟
弄乱了一串串鸟鸣

一本书伸展着
正在静谧的午后
舒缓地释放
它的芳香

不用回头
也能想到云朵正在腾挪脚步
洒下一点点
阴凉

远方的星空

在一幅图中
你伴着彤红的火烧云
高楼和海水
闪着奇异的光

那一刻
身体里的炊烟突然升起
我知道
它来自故乡的山峦

印象里
你是远方的岸
岸上
有片沐雨的苇丛

在外漂泊久了
故乡已成了梦中的
一条船
眺望时

有无数星辰涌出
成为连接遥远地平线的
一方星空

夜幕下的那盏灯

天幕下，墨色比夜还黑
雪　填满了每一片空隙
有虚构的宁静和空茫

今晚停电
世界仿佛一下停摆
电视、电灯、电脑
统统虚脱得坐在阴影里

夜　纯净得有些虚妄

夜色中　有一盏灯
远远地
在莹莹的雪中跳跃
它的光，为晚归人拂去了
满身的尘埃

这才想起
我们的肉身

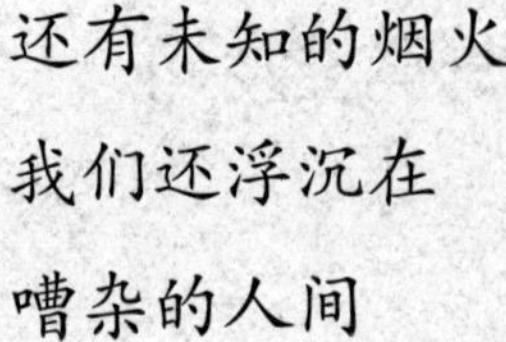

还有未知的烟火
我们还浮沉在
嘈杂的人间

一场盛大的遇见
——给女儿

这是一场沙与石
灵与肉的遇见
是三生三世修来的缘

牵着你的手
是牵着一世的挂牵
从牙牙学语　到蹒跚学步
有多少岁月静好
就有多少冷暖自知

人生
有无数个转身
每一次转身
都希望为你撑起一把
岁月的伞

夜幕下的群山

暮色四合
芨芨草在车窗外沉吟
荒原上
电线杆和群山
都缄默着一闪而过

冬的高原
凛冽主宰着一切
群山像蹲伏的雄狮
屏声静气
捕捉世界

苍茫中
河流像穿着隐形的外衣
朔风一遍遍地打着腹语
荒原上
一盏一盏
点亮的星
比史前的寂寥
更胜一筹

有种距离　叫渐行渐远

如一条路的一个岔口
又像马蹄驰过
那飞溅起来的泥土

什么时候开始
觥筹交错的时候
内心有了深深的孤寂

远方的天际
岸边的苇丛
什么时候开始
低头抬头的每一瞬间
都有了一个世纪的距离

这才知道
有一种距离
叫渐行渐远

又到清明

每到这一天
思绪是流泻的天河
往事涨潮

仔细擦拭着碑上的每一寸浮尘
仿佛正擦着双亲房子的窗户
让阳光
一点一点洒进来

触及
石碑却冰凉

太多的语言
在雾湿的眼界游走
咫尺的距离
此时怎似　天涯

到哪去找一颗心
能容下
如此深　如此大的
一颗
泪滴

远去的背影

曾经
相识如雨滴入湖
带着前世今生的欣悦

何时
却像生长中拉开了间隙的树
每一枝交接的手臂
都有了斑驳和迷离
语言　迂回

这是个远去的时代
一切都如掌中沙
渺渺飞舞

每颗星都在各自的轨道
交集　交集　又远去
只留背影和远方
空茫

走在布达拉宫的台阶上

那一刻
蔚蓝的天空铺满经卷
威威浩浩
磕长头的队伍
洗净了三千里铅华

仰望的视角
目之所及皆是莲花
微风拂过
大地众生
似乎都已得道成仙

雪峰上
看众神列阵布道
白衣仙袂
飘然运化古今

台阶很长
每一步都梵音袅袅

那个夏天

我们和雪域高原一起

虔诚诵经

遵义印象

（一）

山峦里都透着记忆
漫天的雾
洗出洁净的村庄和
繁华的街市

望着那盏油灯和
如今已平坦的不凡小道
世纪风烟
隐隐扑来

（二）

红军山上
肃穆的阶梯盘旋而上
我的心灵

却随着讲解员的解析
战栗着
敬重地匍匐在
往日的硝烟里

（三）

城里
空气中都充满了历史的影子
繁华的现代化街市中
博物馆 塑像 路名
都透着历史的烟尘
仿佛那段红色的记忆
从未远去……

坐在拐角的时光里

那一天　在万米高空
看舷窗老去
心急如焚
云层厚厚薄薄
聚聚散散
飘渺如风

更多的钟摆
齐头并进
挥舞着手臂
如云影
在窗外招摇

时光机
没有温度
却一次次
逼进在人生的
拐角

坐在拐角的时光里

见一匹跛马走过

身后是咖啡馆飘出的

嘶哑琴声

沉默　是今晚的箫音

远方的潮汐带来风暴
内心已如焚
被雷一遍遍碾过
却假装不介意
风和日丽般游走

忧虑如蛇
嗞嗞吐着有毒的舌头
总在深夜
将人一点一点吞噬

不记得已是多少次
在地狱中淬炼
狱火灼伤了所有的想往
灰烬又被扬风
唯余骨骼铮铮

只能沉默
沉默是今晚的箫音

前世
还是今生
已纠缠在
人生无尽的
两端

灼

地心的火翻卷着
没有硝烟
远天被藏在身后
白云竟然可以
纷落如羽

一个巨大的空磨
旋转着碾过天空的禾谷
空气有些负重的冷冽

手心里握住的
都是夜的末梢
风不敢睁开眼
夜晚　危机四伏

风呼号的间隙
可以深切地感到
生命被磨损的部分
像　金属的碎屑

纷落如尘

地心的火
一点一点抽离着寂静
火苗尖上
挑着大片　簇簇的雪

分 割

高楼沉吟着将
城市的天空分割得如一座座
老死不相往来的岛屿

风
抽离着昨夜树梢的
一声叹息和
叹息里的磷光

掌纹里的心事也被剥离
一段一段
强按下许多蛮荒的
皮里春秋

更多的晨昏
被明镜一天天
分割
一半张扬在黑色的雪域
一半栽种在苍茫的

戈壁
沙砾般
打磨

请允许

暮与晨已失去节奏
语言失去弹力　万物随流
请允许往事成为往事
让一切宏大
嵌进岩石的坚硬

山川和沟壑已无法预测
路程的高低已不能丈量　飞短流长
请允许所有的思绪都付与虚妄
幸福还是苦痛
都在时间的杯盏中来回斟酌
发酵

篱笆成了远方的观照
准星已失去目标　一切可能的与不可能的
都在跋涉
请允许一切都寂然无声地成熟
没有例外

只是经过

火车深夜抵达了那座城市
几盏零星的灯
带着城市一同入眠
铁轨在剥离
枕木和窗外无星夜的黑
一起游离

只是经过
不去想汨罗江
不去想烟尘往事
静静地感受两根铁轨交错时的战栗
把一颗深深浅浅逾世的核
压进每一声汽笛的低吼

一路向下
重心也不断向下
窗外的景物模糊着不停闪过
山川、河流、田野
一切
只是路过

四年的距离

——致大姐

从没想到
四年
仅仅一千四百多个日夜
距离已是天上人间

2014 年在羊城
几姐妹的欢聚还透着玫瑰的清香
欢声笑语恍如昨日
2018 年就已芳踪难觅
黑色岩石
透着斑驳的核

时间和现实
随风摆动着冷酷的手
才知“再见”有时是
永不复见

珠江的水流

此时殷红似血
我的骨骼里
从此多了一柄剑
在缓缓游动

第四篇　往事浮光

不要说再见

不要说再见，也不必说地久天长。羌笛已然吹响，杨柳却依然姗姗。

友人，不要再挥舞那黄色的绸带。雾的海，已带我西出阳关。莫道故人已随故园去，大漠，有雄浑的塞上风云，在寻觅，唐蕃古道。

斟满这杯酒，马背上的葡萄美酒。手不要颤，为我当一回阳关醉客。

该去的都已归去，看落日依然啼血。那欲滴的雪糕，是你载我的轻舟一片。归去吧，友人。风太大，我恐塞外的雪会迷离你盈盈的眼。今晚月色如钩。我在如钩的月色中西行。

归去吧，友人。不要说再见，也不必说地久天长。既然万物都不可能永远在一个点上，又何必用诺言，将它的影子拉得长而又长。在季节河泛滥的时候，友人，我愿意到大漠去寻找，地老天荒……

遗失的贝壳

（一）

你悄悄舒展着你的自由，在昨天的夜里。静寂中，思绪张扬成一叶玫瑰色的帆在没有海的海面，轻摇。

月辉从树影中斑斑驳驳地流出来，淌着一个古老的传说。今夜，月光像网，世俗和偏见在角落里唱着永恒的歌。就在这天夜里，那株丁香凋零了，无可奈何的哀伤一如满园满园的花瓣。

从此，心，便在这里抛锚。

（二）

不要问我的行程。不要问我的轨迹。昨夜的风太大了，刮走了我那顶金色的草帽。

草帽在空中旋转。恰似梦境中遗失的小伞。小伞在暴风雨中漏了，于是，柔柔的雨丝，抽遍了心灵的每一个角落。

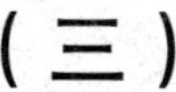

（三）

一只金黄色的小绒狗，静静地聆听着心雨滴落窗棂的声音。一个没有故事的故事，静静地用柳枝写在了，雪地上。

所有的向往，都搁浅了，那么多的无奈，演绎成一扇推也推不动的门，在西风里，辉映着门那边的七彩霞光。

只有这一刻，才好羡慕沙滩上捡贝壳的赤脚的小姑娘。

因为，我的贝壳，永远随风远去了。

风的脚印

独自站在门外。轻轻地捻碎那丝丝缕缕的无言。任鸽哨将心语带上蓝天，却不曾捎回些许的叹息。

这扇门太重。推动它需要一生一世的情感。可是雨点儿太大了，不是秋的季节，心旌却独被秋的颜色染黄。

不要用响铃，摇碎这深沉的静谧。静谧中有着远古的苍凉。苍凉不也是一种意境么，似那幽深广博的森林，清醒地站成一种深邃的思绪。

山那面却总有牧歌传来。洋洋洒洒，唱乱了整个天空。是走的季节了。此刻方知，人生有着太多的不易。斑斑驳驳的画布上，又添了很灵醒的一笔。

可漠海毕竟在涨潮。潮涨潮落中荒原风将希冀挂满了没有船影的海洋。就这样离去吧，在五月风尚未刮起的时候。轻轻地驻足，又轻轻地离去，在这轻而又轻的交替中有着人生难解又必然的真谛。

无法注释的就不再注释，无法托起的又如何托起。如果一切都如想象的那样，夕阳下的沙丘，将留下一串亮亮的足印。

而风，刚刚走过……

平静的紫罗兰

（一）

你悄悄把红色铺满天空，在这空茫的戈壁。夜色中，台灯下，墙上挂满了你的絮语。太久的封冻，使复苏的冰河碰撞出一路的，潮汐。没有什么，箫音是昨日的马驼铃。

企盼却是刚刚开启的心笺，一页页，印满燕子飞过后晴与雨的痕迹。在有雨的日子，好恼那根游丝似的线延伸得太远，望不见线的那端，也没有，可以绕的地方……

（二）

总是匆匆。

匆匆得连印有水痕的卡片都来不及交给你。在你的足音里，有一半的时间属于等待。归来时，有那样深的倦意，滞疼了沙漠上驼峰的期盼。谁说选择是幸福的？投入竟也这般艰难。总在心语低回时，想起西山有一片枫叶，此时，刚刚红透……

（三）

没有承诺。

没有承诺的日子是牧童手中的笛，悠悠扬扬洒了满山遍野紫色的心绪。平静是今日的紫罗兰，风过雨落，只引起些微微的摇曳。

不要问我，今宵云归何处。天穹太高，前面路远天长。

驻足在这夏季，这留兰的芬芳，拂去所有的羁绊，云淡风轻中，平静是今日的，紫罗兰……

生命的回廊

（一）

不想说的时候就什么也不要说。留一份苍白的静默在子夜的秒针里。生命的回廊已然太长，又何须用一记记沉重的关门声，碰响整个夕阳。

该回来的时候我会回来的，哪怕路远天长。只要远方是岸，岸上有一棵白杨。不想说的时候，就什么也，不要说。等待是一颗未熟透的青果，无论你，怎样尝。缓缓地，悄悄地走吧，让琴声伴着西风里的那一丝惆怅。不必回头，哪怕是一丝故作的坚强。

不想说的时候，就什么也，不要说。

（二）

窗外，起风了。

风季似乎已在生命的回廊里漫步了许久许久，直至一无所有。

我不怕一无所有。

只要心之谷，奔流着恬静的溪流，又何须挂念，月圆月缺的烦忧。

（三）

回廊太长。

于是有了迷失，有了苍茫。

指缝间淅淅沥沥漏下了许多昨天，沙滩上却还有许许多多的沙堡堆砌着明天的向往。

漫漫的天宇下，渴望与失却交替吟着人生永恒的歌。

有人说，这就是生活。

于是我觉得，甜酸苦辣都罩上了七彩的光，长长的回廊，也不再漫长。

季节风

——致女友L

这个季节是海上季节风涨潮的时节。于是每一晚，都能听见玉兔那清晰的捣药声，轻扬。

临街的那扇门，在有雨的日子里，总吟唱着一首最古老最难忘的歌弄潮所有风的眼睛，酸涩。

对着那条路，那条两人曾无数次走过如今又不得不中断的路，你只能孑然而立。任风撩起你，充满忧郁的长长的黑发在暮色里，猎猎成一面旗帜。

秋天到来的时候，你一手促成的他和她将要共谱人生新的乐章。你将自己关在房里，像一个待嫁的新娘，浓浓地酿着种种情感的琼浆，为他和她细细地剪着“喜”字，恰似梳着自己一缕缕的青春梦幻。

突地，一颗硕大的泪珠滴落在晃眼的“喜”字上，晶晶莹莹，折射出一段无奈的人生……

林中的帐篷

我走入一片林子，浩瀚、迷人、自由。

林子腾起袅袅的雾，温柔地罩住了一个久远潮湿的梦。

有笋子拔节的声音。一下下，充满了生命的韵律。青藤也停止了它的攀缘，抬起头，迎着阳光。阳光被浓浓的枝丫筛成了一张，斑驳的网。

不知什么是缘。

也曾想穿过你目光的森林，去读读海啸，去看看沙暴。但森林里有雾，怎么也走不出，于是只好搭了帐篷，住下，看松鼠和夕阳在帐篷顶，活泼地嬉戏。

夜的潮水不停地涌上来。溅湿了月色中的歌声和喃喃细语。风调皮地笑着，掀一掀她那鲜亮的裙裾，远去。

只留下两道彼此相挽相牵的树影，时远，时近……

写给雨季

（一）

回归了的，是远方沙漠里的爱。

不能回归的，是屋檐下串串聚也聚不拢的风的絮语。

你拥有一座城堡，拥有一个酋长的辉煌，我的雪橇，因而艰涩了。

于是，我去寻我的孤岛。你却说，会有强悍的猎手，惊扰孤岛之晨。

那么，会是你么？

（二）

手绢儿旋旋转转地，漂去了。

轻轻地折一枝柳条，在雪地上写满对椰树的思念。风却独自沉吟着，牵出蔚蓝色的潮汐，起伏。

背着那只绿色的牵挂我将浪迹天涯。只是从今后，风信子的唇边再也不会有孤独者的传说，逗留。

在一个多雨的季节，亘古未有的孤独，隐去了。

（三）

请不要将那叶三角帆折成月亮的模样。船身已然倾斜，绿苔将斑斑驳驳的影子拉得更加漫长。

远天空蒙。如果一切都像想象的那样，祈望你归去时，不要再载那么满、那么沉的，一舟寂寥。

（四）

紫云英的羽翼上轻颤着那首古老的歌谣。风累了。天和地却还在遥遥相望，相望成一树风景旗，猎猎。

我在梦中窗棂上收集你的微语。鸽哨却牵来一个绵长又湿润的默契。于是，海流泪了，将目光关注成一个永恒的光束，燃烧。

秋

（一）

一点一点，黄了，你的靥。风掬来一捧酒酿，洒向无垠的原野，醉了葡萄，醉了桂花，醉了天空的大雁。起伏的沙丘，正演绎着，一个古老的传说……

（二）

牵着一峰驼，走在秋的树影里。关关合合的门，斑斑驳驳。菊心里流淌出夕阳的影子，无声的沉默里，磨盘依旧旋转如往日的犁。

（三）

天高云淡。风，是疏朗的一面绸。绵绵密密的，是水中的波纹，激荡起的，又何止是，旅人的那一腔，离愁……

往事如烟

擎一支柱，向亘古荒原。不管来时路陌然如烟。山高水长，斜阳默默。空余千山万壑步履匆忙。

匆匆是无言的风景，带走太多流年。唯余白云缱绻，一年年，看曲水流觞。

俯身处，碧草也有年轮。往事浸在根根茎脉里，晶莹。不回首，不要再顾来时路，哪管它斑斑驳驳，泥泞难行。

斜阳却依然如画，熏醉了田野。山峦依然如歌，往事亦如烟。

无　题

游弋的思绪在冬天里冻结。心之原野被漠风夹着泥沙滚滚掠过。赤裸了朔风下褐色的大地和沙砾，粗糙了的，是晾在西风里的曾经细腻过的情感。

终于，我重新寂寞。重回我亘古的孤独和落寞。

那已逝去的日子，一点一点，风干在昨日的书里。还有所有的，所有的鹿鸣翠谷，一并流去。

很想将漫漫沙丘，一点一点幻化成海之谷，海之谷中，有小小的轻舟载着满仓的渔歌悠悠地、逍遥地催眠红色的水礁；也很想很想，在雪地涂满所有的夏的童话。冰川的回声毕竟已经走远，远天，有风筝刚刚飞过。

夕阳依旧朦胧似雾里纱，白杨树的枝干撑起的却是雪后黄昏的传说。

星星睡了，只有窗子醒着。远方由于它的思念，更加如丝如缕，挽成了一个美丽的永远解不开的结……

走过雨季

（一）

从未想过雨季这样长。长得似乎没有尽头，长得淋湿了，所有的日子。布满水痕的台阶总在使我回头，以至错过了一个又一个，雨中景观。

（二）

今夜，无人送行。

站台是一枚巨大的邮票，空空荡荡是它的邮戳。

雨滴是今晚的箫音。将伴我，到天明。

（三）

如果，我不想，再说如果。

过去已然说得太多，结局却总是一个。因为，我别无选择。

我别无选择。调侃的假设在可笑的事实面前，我不想，再说如果。

（四）

就这样走下去。在没有路灯的街头。

心笺一瓣瓣地浸湿在从路旁窗棂中流泻出来的“命运”的潮水里，然后晾出来，将它交给月辉。

雨季依然泥泞，只是已渐渐遥远……

午夜时分

（一）

要沉默就沉默吧，哪怕一生、一世。

心笺恰似秋天的枫叶，红也罢，落也罢，又何须在上面题字。

（二）

太多的潮水澎湃着心的海岸。梦中的青鸟衔来的总是海那边的沙石。风暴过后望着斜阳总在踌躇，月圆月缺是否总是难弥的遗憾？！

（三）

我们的目光凝成了久久的企盼。久久的企盼到了收获的季节却意外地，收到了一枚涩涩的果。这个意外使我们品尝了遗憾，更遗憾的，是伤痛的心语……

于是，午夜时分，常常，无眠……

星星雨

曾聆听过草叶与细雨的呢喃，也曾仰起脸听凭雪花的飘落。手掌中的五瓣丁香总是凋零了又凋零，一个信念却挂在夕阳的眉睫。

风唱着总会有累了的时候，雨飘着也总会有停了的时候，可昨日的一川逝水呵，为何总在心之谷奔流……

落红的季节总听到燕子的足音，飘落的飞翎在沙丘上又何曾溅起过半点回声。雨雾空蒙中去寻找拉了一半的琴声，山那面却漾起悠长悠长的蓝天鸽哨。雪因此湿润，整个冬季，因此而湿润。

驼铃却依旧叮当。不紧不慢，摇响了一个世纪的花絮，在漫漫荒原。篝火却是昨日的记忆，如今已星星点点，全凝到了红柳梢头。沙丘却依然沉默如初，起起伏伏直到天的尽头……

月光下的站台

你的目光穿透银色的月光，给站台罩上一层网。冰凉是今晚的箫音，点点滴滴，到天明。

天还不冷，手却冰凉。凝在嘴角的一缕微笑，那么牵强。

车笛悠长，那一刻，微低的头似柳叶轻扬。

既然离别是今晚的流觞，那么，焐热了，我再走……

惑

——致 N

从见到你的那天起，自信似乎就从未离开过你。只是在一夜寒酷的西北风之后才发现，黄色的倦意那样深地布在你脸上。鸽哨响了，那是一个孤独的灵魂在吟唱。

从那以后，晚照不再那么美好，夕阳下总有你的身影，孑然挺立。于是，梦境开始了，满园满园的蒲公英不再像小伞一样飞翔。浓缩了的遗憾，成熟了。

满满地捧出北国的青叶，缓缓地点缀在你不惑之年的枝头。柳絮轻扬。黄昏的风里散落的，全是断断续续的箫音。

无人知道你为何选择了这条路。自从走上这条路后，世俗的目光就不曾离开过你。朝朝暮暮，暮暮朝朝。无人知道你背负着怎样的生活在走。

你一定很累，累在北国的风里。

假如生活是一条河，那么你的航标，你的渡口究竟在哪里？

面对你的疲惫，我不知，该说什么……

那晚的雨

那晚的雨，很凉。站在一个人的街头，风声有些嘶哑。

世界很静，雨丝下的霓虹充满水汽。丝丝缕缕的雾漫上眼睫，窗棂上放飞的，是另一个神话。

电话线是根藤，丝丝蔓蔓，缠满了难言的困惑。夜色深沉，像伊人手里新斟的墨。

登上独自的小舟，在沙丘上前行。驼印深深，是昨夜的路远天长。

什么也不要问，任书卷凌雪披霜。杨柳却如昨夜风，已拂过，地角，天边……

台灯下的絮语

午夜的心跳里，絮语一片片贴上台灯的倒影。轻悄，空灵，就像那片星星雨。

静默地坐在时间的秒针里，听远航的汽笛声，如丝如缕。

今晚月如钩。灯色昏黄。山高水长里，絮语苍茫。一个个背影，欲说还休。一转身，已是天涯。

不怕天涯遥远，远方有南国的海崖。只是静默是今晚的潮水，潮涨潮落，留下的都是，落寞。

布达拉宫

伴着文成公主的驼铃，伴着无数转经者的身影，布达拉宫，我在完成我的西行梦。

夕阳下的你，在雪山的簇拥下，安然入定在红山上。香氛缭绕，彩云纷飞如经幡，牵引着每一个诵经声。

透过袅袅的烟尘，我仿佛聆听到了千百年不绝的历史足音。从春到夏，从夏到冬，你的崇拜者从世界的各个国度、操着各种不同的语言来到这儿，来寻觅一个民族那宏伟的图腾。你却始终沉默着。面对终日络绎不绝的人群和终日长明的酥油灯。

你留给人们的是宏伟的历史凝重感和难以透析的一个民族的神秘，自己呢，是否仍在穿越整个时间隧道，在思索不绝的历史足音……

图书在版编目（CIP）数据

手心里的月光 / 曾春桃著 . -- 秦皇岛：燕山大学出版社；北京：社会科学文献出版社，2019.12（2026.1重印）

ISBN 978-7-81142-854-4

Ⅰ . ①手… Ⅱ . ①曾… Ⅲ . ①诗集 - 中国 - 当代 Ⅳ . ① I227

中国版本图书馆 CIP 数据核字（2019）第 156333 号

手心里的月光

著　　者 / 曾春桃

出 版 人 / 陈　玉
责任编辑 / 柯亚莉　李艳芳

出　　版 / 燕山大学出版社
地址：河北省秦皇岛市河北大街西段 438 号
社会科学文献出版社
地址：北京市北三环中路甲 29 号院华龙大厦
经　　销 / 全国新华书店
印　　装 / 廊坊市印艺阁数字科技有限公司

规　　格 / 开本：787mm × 1092mm　1/16
印张：20　　字数：298 千字
版　　次 / 2019 年 12 月第 1 版　2026年 1月第 3 次印刷
书　　号 / ISBN 978-7-81142-854-4
定　　价 / 78.00 元